The Testament of Mary

Colm Tóibín

マリアが語り遺したこと

コルム・トビーン
栩木伸明 訳

CREST BOOKS
Shinchosha

ロックリン・ディーガンとデニス・ルービーに

THE TESTAMENT OF MARY

by

Colm Tóibín

First Japanese edition published in 2014 by Shinchosha Company

Japanese translation rights arranged with

Heather Blazing Ltd. c/o Rogers, Coleridge and White Ltd., London

through Tuttle-Mori Agency, Inc., Tokyo.

Painting by Raffaello Santi "Madonna del Granduca"

Design by Shinchosha Book Design Division

マリアが語り遺したこと

彼らは以前よりもひんぱんにやってくる。ふたりとも姿を見せるたびに、わたしへの、そして世間への苛立ちが増してきているようだ。飢えと気性の荒さを持てあまし、残忍な血をたぎらせている。その野蛮さには見覚えがあるし、獣の臭いなら、追われる小動物が嗅ぎつけるように、わたしにだって嗅ぐことができる。ただしわたしはもう追われてはいない。以前とは違う。今はちゃんと守られて、問いには穏やかに答え、見張られているだけ。彼らはわたしが、彼らの望みがいかに考え抜かれたものかをわかっていないと思っている。勝手に思うがいい。今、わたしの意のままにならないのは眠りだけだ。眠りだけは逃げるのがうまい。わたしは、眠るには年を取り過ぎているのだろう。眠りから得られるものなんてもう何もないのかもしれない。夢見たり休んだりする必要など、もうないのかもしれない。わたしの両眼はたぶん、もうじき永遠に閉ざされることを知っている。そうしろと言われれば、まんじりともせずにいられる。明け方の光がこの部屋へ徐々に染みこんでくる頃合いに、この廊下を通っていこう。目を見開いて待っているのにはわたしなりの理由がある。この長い目覚めのあとに、最後の休息が訪れる。じきに終わると知っているだけで、わたしにはじゅうぶんだ。

彼らはわたしが、世の中にゆっくりと育ちつつあるものをわかっていないと思っている。彼らの問いかけの要点が見えていないとも思っている。あいまいな返答をしたり、ばかげたことを言ったり、堂々巡りになってしまう受け答えをするとき、さもなければ、わたしなら覚えているはずだと彼らが思い込んでいることをわたしが忘れているように見えるとき、押し殺されたいらだちの残忍な影が彼らの表情や声音に忍び入るのを、この目が見逃していると思っているのだ。ふたりとも底無しの欠乏感に縛られている。ふたりとも、あのとき誰もが感じた恐怖の名残にさいなまれて感覚が麻痺したままだから、わたしが一切合切を覚えていることに気づかない。記憶は血や骨と同じように、わたしの体を満たしているというのに！

食べ物や衣服を与えられて、守られてもいるので、彼らに文句を言うつもりはない。

こちらとしてもできるだけのお返しはするけれど、やれるのはそこまでだ。他人の代わりに息はできないし、代わりに心臓を動かすこともできない。自分が年を取ったからと言って他人の骨が脆くはならないし、他人の肌にしわが寄るわけでもない以上、わたしが語れることしか語れないのも当たり前だ。そのせいで彼らが困っているのは百も承知なので、つい微笑みたくもなる。彼らはばかばかしい逸話を必死に聞きたがり、わたしたちみんなに降りかかったできごとを、単純で切れ味のある話が続く物語にまとめようとしているのである。白状すると、わたしは、どうやって微笑んだらいいのか忘れてしまった。もう微笑む必要などないし、涙を流す必要もないからだ。ありったけの涙を流し尽くしたせいだと考えた時期もあったけれど、ばかげた考えはじきに消えて真実が見えた。本当に必要なら涙はいくらでも出る。涙をこしらえるのは体なのだから。自分にはもはや涙は必要でないとわかってほっとした。だがわたしが求めているのは安堵ではない。欲しいのは孤独だけ。それ以外は、自分は真実しか語らないという確信が与えてくれる、乾いた満足さえあればいい。

ここを訪ねてくるふたりのうち、ひとりのほうは、あそこで最後までわたしたちとともにいた。かつては柔和で、わたしを支え、励ましてくれることもあった男である。ところが今では、わたしの語って聞かせる話が、彼が勝手に決めたものさしに合わないと、いかにも不満げに顔をしかめる。とはいえかつての柔和さがすっかり消えたわけでもなくて、ためいきをついて仕事へ戻っていこうとする目に、優しい光が宿る瞬間もある。彼は次から次へと手紙を書いては、あの丘の上で起きたことと、そのあとさきの日々についてと綴っている。わたしには彼が書いていることばが読めないことを、彼はわかっている。声に出して読んでほしいと何度頼んでも、読んでくれそうな気配はない。わたしにはわかる。彼は、自分もわたしも見ていないことを書いたのだ。もちろん、わたしが命からがら切り抜け、彼自身が目のあたりにしたできごとも文章にした。彼は自分が書き記したことばがやがて重んじられ、それらのことばにひとびとが耳を傾けると信じて疑わない。

わたしは物覚えがよすぎる。風のない日の大気みたいに、何ひとつ取り逃がさずに万物を押さえ込んでいる。息を殺した世界さながら、記憶を抱えているのがわたしなのだ。

ウサギの話を聞かせたときだって、しつこくせきたてられたせいでうろ覚えの記憶を話したわけではない。話の細かい部分ひとつひとつは、切り離せない両手両腕と同じようなもので、長年わたしの一部であり続けてきた。あの日——ぜんぶ詳しく語ってほしいとせがまれて、一部始終を何べんも繰り返し語った運命の一日のことだ——混乱のさなか、恐怖と悲鳴と叫び声の真っ只中に、鳥かごを持った見知らぬ男が、わたしの近くへやってきた。かごの中では大きな鳥が鋭いくちばしを突き立てて、恐い目をして荒れ狂っていた。翼を広げられない鳥が怒りをむらむら募らせているようだった。こんな目に遭ってさえいなければ、空を駆け、獲物を狙って急降下しているはずの鳥だった。

その男は袋も持っていた。見ているうちに、袋の半分ほどまで、生きたウサギが入っているのがわかった。小さな塊がいくつも、おびえるあまり敵意をむき出しにしてうごめいていた。あの日、丘の上の、いつになくのろのろとしか進まない時間の中で、男はウサギを一羽ずつ袋から取り出して、鳥かごへ押し込んだ。鳥はウサギの柔らかい下腹を狙い、まずはらわたを引きずり出し、次はもちろん目玉をつついた。このできごとは、あの日起きつつあった事件から多少なりとも目をそらさせてくれたので、今語っても胸は痛まない。取るに足らない話だと言ってもいいくらいだ。鳥は、もがき苦しむウサギの肉を食らったくらいでは癒されないほど、ひどく飢えていたに違いないのに、空腹そうには見えなかった。鳥かごの中には、死にかけているだけで食われていないウサギたちが累々と折り重なって、耳慣れない、きしるような物音をたてていた。命が激しく痙攣を起こしていたのだ。男は満面を輝やかせ、いかにも幸せそうに鳥かごを眺めた。そして陰気な喜びで微笑みそっくりに歪めた顔で、あたりの光景に目を向けた。袋はまだ空になっていなかった。

その頃までには、十字架のそばでサイコロ遊びをしていた男たちの話なども し終えていた。処刑のあと衣服や持ち物を誰の取り分にするか賭けていたのかもしれないし、時間をつぶしていただけかもしれない。中にひとり、後からやってきた絞首人と同じくらい恐ろしげなやつがいた。その男は、数人で来てやがて去っていった集団に混じっていたのだが、最初から最後までわたしを油断なく見張り、脅すような鋭い目つきをしていた。処刑が終わったらどこへ行くのか、といまにも尋問してきそうだった。たぶんわたしを連行するために送り込まれたのだろう。馬でやってきた男たちの一味らしく、群衆の脇のほうに見え隠れしながら、わたしを見張っていた。あの日、なにが起こり、なぜあんなことになったのかを知る人間がいるとしたらあの男だ。あいつこそサイコロ遊びの張本人だ。今でも夢に出てくると言えれば気が楽なのに、ちっとも夢に現れないし、他の連中と違ってその面影がわたしにつきまとうこともない。あのときあそこにあいつがいた——わたしに言えるのはそれだけだ。あいつはわたしが誰だかわかっていて、目をそらさなかった。あれからずいぶん年月が流れたけれど、薄茶色の髪が白くなり、体に較べて大きすぎる手をぶらさげて、ぜんぶわかっているぞと言わんばかりの態度で凶暴さを押し殺し、絞首人を後ろに従えたあいつが今日、この家の扉口へやってきたとしても、わたしは決して驚かない。と言ってはみたものの、あの連中に長々とつきあっていられるほど、わたしの命は持たないだろう。いつもやってくるふたりがわたしの証言を求めるのとは正反対に、サイコロ遊びの張本人と絞首人とその取り巻き連中は、わたしを沈黙させたいに違いない。あの連中がやってくればすべては明らかになるだろうが、わたしはもうじき死ぬのだから、何がどうでもかまいやしない。ただ、目覚めているときは四六時中、あの連中が恐くてたまらない。

それに較べたらウサギと鷹を連れていた男などは、他愛もないほど害がない。携えているのは役立たずの残酷さで、残虐な衝動に駆り立てられてもじきに満足するのだから。あの丘であの男に目を向けていたのは、たぶんわたしひとりだった。いざとなれば誰かに手を貸してもらえないか頼むつもりで、動くものは何ひとつ見逃さないようにしていたのだ。そのせいであの男のしぐさが目についた。処刑が終わったらわたしたちがどんな扱いを受けるかわかっていたので、目の前で起きつつある悲しい結末から、ほんの一瞬でも目をそらせるのはとてもありがたかった。

話を聞きに来るふたりの男たちは、わたしの恐れには興味を示さなかった。まわりにいた誰もが感じていた恐怖にも無関心で、わたしたちが逃げようとするそぶりを見せたらすぐに逮捕しようと待ち構えていた連中がいたことにも、逃げおおせる可能性がほとんどなさそうだったことにも、まったく興味を示さなかった。

ふたりめの男は、もうひとりとは人柄が全然違う。温和さが少しもなく、短気で、うんざりした表情をつくりながらものごとの勘所を握っている。彼もものを書く。自分自身のことばに顔をしかめたりうなずいたりして、もうひとりよりも速い速度で書いていく。いらだちやすい男。わたしが皿を取るために部屋を横切っただけで腹を立てる。彼がわたしの声をいぶかしみ、うんざりしかけているのはわかっているものの、ときどき話を聞かせたくてたまらなくなる。彼はもうひとりと同じように、わたしの話を聞くためにここへ来るので、否が応でも耳を傾けずにはいられないからだ。

彼がここを立ち去る前、わたしは言って聞かせた——男がふたり以上集まっているのを見るといつも、ばからしさとおぞましさを目の前にしている気分になるんだけど、まず第一に感じるのはばからしさのほうね、と。彼はすぐ目の前に腰掛けて、わたしが何か他のことを言い出すのを待っていた。ところが、うちの息子を失った当日、わたしたちの目に息子がどう映ったか、どんなことばを交わしたかなど、彼が知りたがっていることについては口を閉ざしたままだったので、しだいに腹を立てはじめた。かんじんの名前はわたしの口からは言えない。絶対に。名前を出せばわたしの中で何かが壊れてしまうから。そのひとのことは「彼」、「わたしの息子」、「うちの息子」、「かつてここにいたひと」、「あなたの友達」、「あなたが興味を持っているひと」と呼ぶことにしよう。死を目の前にしたら、その名前を口に出せるかもしれない――あるいはせめて夜分にささやくくらいなら。でもきっと無理だ。

わたしは口を開いた。息子の周りには、世の中と反りが合わないひとたちや、息子と同じひとりっ子や、父親のいない男や、女の目を真っ直ぐに見られない男たちが集まっていた。ひとり笑いする男や、若いのに老成した男たちがね。あなたたちふたりだってぜんぜん普通じゃない、と言いながら男に目をやると、彼はまるで癇癪を起こした子どもみたいに、食べかけの皿を押してよこした。そうね、みんな、はぐれ者ね、とわたしは言った。わたしの息子ははぐれ者たちを集めていた。自分だけは全然はぐれ者じゃなくて、何でもできる子だったんだけど。ひとりで静かにしていられる子だった。ひとりぼっちで楽しく過ごすなんて誰にでもできることじゃないのに、あの子は平気だった。女を対等に見て、感謝の心を忘れず、お行儀が良くて、頭だって良かった。息子はそういう長所をうまく使って、自分を慕ってくる集団の先頭に立って、あちらこちら移動して行ったのよ、とわたしは話した。はぐれ者につきあっている暇はわたしにはないけど、これから先、あなたたちふたりが組めば、ばからしさとありふれたおぞましさを超えた、もっと他の何かを求めたい気持ちがきっと出てくる。あなたたちもはぐれ者を集めたらいいじゃないの。わたしは男にそう言いながら、食べかけの皿を突っ返した。そうすれば何だって手に入るんだから。しぼむか育つかは知らないけど、勇気とか野心とかを手に入れたらいい。そうやっているうちにとどのつまりどうなったかを、わたしは見届けた。わたしはその末路を抱えて今でも暮らしている。

近所に住んでいるファリーナがいろんなものを置いていってくれる。わたしはときどきお金を払う。最初の頃わたしは、この家の扉を叩く彼女を無視していた。置いていったもの――果物やパンや卵や水――をいただいたあとになっても、話しかける理由などないと考えて、彼女の家の前を通りかかったときですら、知らんぷりを決め込んでいた。さらに用心怠りなく、彼女が置いていった水には決して手を触れなかった。あとで両腕がどんなに痛くなっても、必要な水は自分で汲みに行くよう心がけた。

訪ねてくるようになったふたりの男たちが、彼女は誰なのか尋ねた。わたしは何も答えられず、かえってせいせいした気分だった。彼女の素性を詮索するつもりはないし、ものを置いていってくれることについては、よけいなお世話以上の理由は思いつかないと言ってやった。じゅうぶん気をつけて下さい、とふたりが言ったので、気をつけなくちゃいけないことぐらいわかっています。よけいな忠告はいらないからねぐらでじっとしていなさい、と言い返してやった。

ところが、ファリーナの家の前を通るたびに扉口で姿を見かけるようになって、彼女のことがしだいに好きになった。わたしより小柄で、わたしよりも若いのに体格が貧弱なせいで、情が移ったのかもしれない。最初は独り身だと思っていたので、気難しかったりしつこかったりしたらとっちめてやれる自信があった。ところが彼女には家族がいるとわかった。亭主が寝たきりで動けず、一日中看病していなくてはならないのだ。亭主は暗くした部屋に寝ている。息子たちは全員、世の息子たちの例に漏れず町へ行ってしまった。求めていたのがましな仕事か、楽な暮らしか、何らかの冒険だったのかはわからない。その結果山羊の世話と、段々になった傾斜地のオリーブ畑の手入れと、毎日の水汲みがファリーナに残された。わたしは彼女に、もしおたくの息子たちがうちへやってきても決して敷居をまたがせないからね、ときっぱり言った。おたくの息子たちの助けは決して借りないから、とも。家に入れたくないのは本心だった。いったん敷居をまたがせると、男たちが持ち込んだ悪臭が消えるまで何週間ものあいだ、新鮮な空気が吸えなくなるからだ。

わたしはファリーナの姿を見ると会釈するようになった。正面から見つめはしなかったけれど、変化に気づいてはくれたはずだ。変化は変化を呼んだ。最初のうちわたしは、彼女が話すことばがよく理解できなかった。彼女は、わたしがぽかんとしていること自体を不思議がっているようだったが、かまわずに話し続けた。そのうち話の大半を――とは言わないまでもだいたいは――理解できるようになり、彼女が毎日どこへ通っているのか、なぜそこへ行くのかを知った。わたしも行ってみようと決めたのは、ファリーナと一緒に行きたかったからではない。わたしの晩年を看取るためにやってくる、例のふたりの訪問者がいつも長居して質問攻めにしたせいだ。一、二時間どこかへ姿をくらませば彼らが礼儀を学んでくれるかもしれないし、うまくいけば帰ってくれるかもしれないと考えたのだ。

すでに起きてしまったできごとを覆い尽くす、あのいまわしい影が晴れるなどと思ったわけではない。影はわたしの心臓に忍び込み、血を送り出すのと同じペースで、体中にせっせと闇を行き渡らせた。影はわたしの相棒、わたしの奇妙な友人と言ってもよかった。わたしを夜中に目覚めさせ、朝にも再び目を覚まさせて、四六時中近くに居座ったのだから。重すぎて持ち運べない目方が身の内に居座った。ときおり軽くなりはしたけれど、その目方から解放されることは決してなかった。

さしたる理由もなく、わたしはファリーナと連れだって神殿へ向かった。ふたりで歩きはじめるやいなや、帰宅してからふたりの訪問者と交わす議論のあれこれを予想してほくそ笑んだ。言い分はすでに考えてあった。わたしたちは黙ったまま神殿への道を歩き、すぐ近くまでたどりついたところで、ファリーナが口を開いた。神殿に詣でるたびに、夫がこれ以上苦しまないうちに神々が連れて行ってくれますように、息子たちが元気で暮らせますように、息子たちがわたしを邪険にしませんように、と三つのことだけ祈っているのだと彼女は言った。一番目の願いは本気なのだろうか？　ご亭主が死ぬように祈っているのかと尋ねると、彼女は、本気じゃないと答えた。でもたぶんそうなるのが一番いいことだと思う、と。わたしは今でも、神殿に入るときの彼女の顔――その表情――と左右の目に灯った光――その優しさ――をよく覚えている。

アルテミスの像にはじめて対面したときのことは忘れがたい。その瞬間わたしの目に映ったのは、女神像から放たれる永遠の命と恵み深さ、豊かさと優しさ、それに美しさを湛えた光だった。アルテミス像から瞬時に霊感を受け、わたしの身を分けた影たちが飛んで、神殿にいる好ましい影たちと語り合うのがわかった。つかのま、光の中へ入ったかのように、影たちがわたしから離れた。心がみるみる解き放たれた。古い女神の像を見つめながら、わたしよりも長生きしてきたその像がわたしよりもたくさんものを見て、たくさん苦しんできたのを知った。わたしは深く息を吸い込んで、影たちと心の重荷を受け入れました、と声に出して言った。息子が縛られて血みどろにされるのを見たあの日、息子がわめく声を聞いたあの日、ついに最悪のことが起きたと思ったあの日、心に飛び込んできた恐ろしい存在をわたしは受け入れた。だが、もうこれ以上悪いことは起こりようがないと思ったのだけは間違っていた。最悪よりも悪いことが起きるのを食い止めようとしたけれど、試みはことごとく失敗し、そのことについて考えまいとする試みも失敗した結果、一部始終が物音を伴なってわたしの内側を満たし、あの日経験した脅威がわたしの体に住みついてしまったのだ。神殿からの帰り道を歩きながら、あの脅威が胸の中でばくばくと鼓動し続けるのを感じていた。

貯めてあったお金をはたいて、銀細工師からアルテミスの小像を買った。小像はひと目につかないところへ隠したが、家の中の身近なところにあると思うだけで心が安らぎ、いざとなれば夜になってからその像にささやきかけることもできた。わたしはアルテミスの像にあの日の一部始終を語り、どうして自分がこの土地へ来たのかも語って聞かせた。新しいコインが流通しはじめたときに世間のひとびとが浮き足立ったことや、新しい法令や新語が流布したことも。あれは、失うものを持たないひとたちが皆エルサレムに目を向けた時代だった。二、三日歩きに歩いてようやくたどりつける町なのに、谷間の向こう側の町の噂話をするような気軽さが感じられた。若者の足なら実際に行けるのだと知れ渡ると、文字が書ける者、大工の心得がある者、車輪をつくれる者、金工師、滑舌よく話すのが自慢のひと、織物を商うひと、穀物を売るひと、果物商人、油商人などが皆エルサレムへ殺到した。行くのがにわかに易しくなった一方で、帰ってくるのが難しくなったのは言うまでもない。伝言やコインや織物が送られてきたり、近況が聞こえてきはしたものの、エルサレムにしかない魅力——お金やら将来性やら——が若者たちを引き留めた。あのにわか景気が起きる前は、明くる日のことや毎年恒例のお祭の話を除けば、先のことを話題にする者などいなかった。ところが、世の中はもうじきよくなっていきそうだという気運が、乾いた熱い風のように村々を吹き抜け、取り柄のある若者たちをさらっていくようになった。うちの息子もそのひとりだった。でもわたしは驚かなかった。だってもしあの子が村に残ったとしたら、きっと目立ったに違いないし、どうしてエルサレムへ出なかったのだろう、と村のひとたちに不思議がられただろうから。単純な話だ。どうあっても息子は村に留まれはしなかった。だから本人には何も尋ねなかった。あの子なら簡単に仕事を見つけられると思ったし、先に行った若者たちと同じようなものを送ってくるだろうと予想もついたので、よその母親たちにならい、役に立ちそうなものを持たせて送り出した。べつだん悲しくもなかった。ひとつの時期が終わっただけなのだから。同じ日に出発する子たちが他にもいたので、大勢で見送った。元気で出発していくのを見届けて、ああよかったと思って帰宅したときには、ふと微笑みがこぼれた。出発前の数ヶ月は——いや一年ぐらい前からだったか——息子にべたべたしないよう心がけ、夫とふたりで息子離れするように気をつけたので、それもよかったのだと微笑んだのを覚えている。

　ただ息子が出て行く前、わが家へやってきていたのがどんなひとたちだったのか、食卓ではどんな議論が交わされていたのか、もっと注意深く見聞きしておけばよかった。息子の知り合いの見知らぬ男たちがやってきたとき、わたしがいつも台所に引っ込んでいたのは、恥ずかしさや遠慮からではない。じつはうんざりしていたのだ。若者たちのひたむきさにへきえきして、わたしは台所や菜園へ逃げた。たちの悪い飢えというか、ひとりひとりに何かが欠けているのを感じて、食べ物や水を出しはしたけれど、彼らの話は聞こうとせずに退散した。集会のはじまりはだいたいおとなしくて、みんな落ち着かない様子で緊張している。でもやがて、彼らはやかましい声でしゃべりはじめる。大勢が同時にしゃべって手に負えなくなると、息子が静粛に、と呼びかけて講話をはじめる。わざとらしい声をつくり、大げさな調子で、息子はまるで群衆に語りかけるみたいに話した。その声がとても耳障りで、歯が浮くような気がしたので、わたしはしばしば逃げ出して、パンを買いに行くときのようにかごを提げて埃っぽい路地をぶらついたり、近所のお宅に寄せてもらったりした。そうやって時間を潰してから家にもどれば集会も終わっているだろう、いやせめて息子の講話は終わっているだろう、と思ったからだ。

若者たちが去ったあとでわたしたちだけになると、息子はくったくのないおとなしい子に戻って、まるで腐りかけた水をぜんぶ捨て去った水甕のようだった。たぶんあの頃の息子は、自分の内側をかき乱すものを、話すことによって吐き出していたのだろう。そうして夜が来ると、孤独や眠り、静けさや労働がもたらす清水を新たに汲んで、自分の内側を満たしたのだ。

わたしはどんなときも安息日が好きだった。息子が八歳か九歳になり、いちいち言われなくてもいい子にできて、家が静かなときにはおとなしくしていられるくらいに成長した頃が一番良かった。わたしは家中をきれいに磨き上げ、前もって段取りしておくのを怠らなかった。安息日の二日前に洗濯と掃除をすませ、前日には食物を準備して、飲料水をじゅうぶん確保しておくように心がけた。安息日の朝の静けさが好きだった。夫とささやき声で語らってから息子の寝室へ行く。そして手を取って、息子が大きすぎる声で話したり、今日の日がふだんと違うのを忘れているようなら、静かになさいと教えてやる。あの頃のわが家では、安息日の朝はじつに穏やかで、静けさと安らぎが家中を満たしていた。わたしたちは皆自分の内側を覗き込んで過ごし、外の世界の騒音や前日までの暮らしの痕跡には無頓着だった。

わたしは、夫と息子が連れだって神殿へ歩いていくのを見送るのが好きだった。そして、あとからひとりで神殿へ行くまでのあいだ、口を噤み、目も休ませて、静かに祈るのが好きだった。神殿では祈りの文句や、書物から読み上げられる数々の文章を聞いて、幸せな気持ちになった。耳になじんだ聖句を聞いたあと、神殿からの帰り道を歩いていると、あれこれのことばが心を慰めてくれているのがわかった。日暮れどきにいつも奇妙に感じたのは、わたしの内側で静かな戦いが起きていたこと。祈りの声が耳に残り、安息日の平穏とけだるいほどの静寂がたゆたっているのに対抗して、不穏で陰気な気配――過ぎ去った一週間は二度と戻らないという思い――が戦いを挑んでいたのだ。書物から読み上げられた文章の合間には言いしれぬ不安が隠れていて、まるで猟師か、罠の仕掛け人か、さもなくば刈り入れ時に大鎌を振るう腕みたいに、虎視眈々と機をうかがっていた。時は絶えず動いていて、世の中の大部分は不可解なのだという思いがわたしを不安にした。でもそうした不安を、自分の内側を眺めて暮らす安息日の一部として受け入れることにした。やがて日没とともに万物の影が暗闇に溶け込み、皆が再び口を開くことが許され、台所で立ち働くことも許されて、家族のことや世の中のことを再び考えても良い時間が戻ってくると、わたしはやはり喜びを覚えた。

ふたりの訪問者はわたしのところへやってくると、わが物顔であれこれを移動する。この部屋には彼らの力を裏書きする者がいないから、家具を動かすことで自分たちの優位を示そうとするのだ。そして、元に戻して下さい――食卓は壁ぞいに、水差しは床からいつもの棚へ――とわたしが言うたびに、ふたりは黙って顔を見合わせてからこちらに目を向けて、言いなりにはならないという態度を示す。ものを置きっ放しにするというちっぽけな行為によって、自分たちの権力を誇示するのだ。彼らを見返すわたしの目つきを見て、軽蔑されていると感じてくれたらいいのにと思う。あるいはまた、自分たちの愚かしさがわたしの目に映っている、と見てくれてもかまわない。とは言うものの白状すれば、わたしは彼らを軽蔑してなんかいない。このふたりはまるで子どもみたいに、自分たちが一番えらくて主導権を握っているのだということを見せつけようとして、いろんな方法を試しているだけだ。それが手に取るようにわかるので、わたしはおもしろがって観察する。家具がどこにどう置かれようと本当はどうでもいい。置き場所が日によって変わっても全然気にはならないから、おとなしく負けを認めたふりをしてさっさと日常の仕事に戻る。そうしてゆっくり様子を見る。

　この部屋には、誰にも座らせたことがない椅子がある。わたしの人生に愛があふれていた頃のことを必死に思い出そうとしていた時期に、扉口から運び込まれた。もともとはどこかで普段使いされていたものだろうが、この部屋へきてからは使われずに放置された。この椅子はわたしの思い出のよりどころになった。もう戻ってこない男の椅子。体は土に帰ったけれど、かつてはこの世に生きた男のもの。彼は二度と戻らない。二度と戻らないから、代わりに椅子を取っておくことにした。食料や水や、寝台の半分や、興味を引きそうな噂話は、彼のために取っておく必要はない。ただし椅子は空けておく。とりたてて大切にしているわけではない。椅子の前を通りかかるときにときどき眺めているだけだ。そのうち、彼を思い出すためのこんな品を手元に置かなくてもいい日が来るかもしれない。死ぬときが近づいてくれば、彼の思い出は心の奥の隠れ家に引きこもるだろうから、こんな椅子などいらなくなるだろう。

　ある日、ふたりの訪問者が乱暴に部屋へ躍り込んできて、片方が無造作に例の椅子に座ろうとした。何気なくそうしたのはわかっていたので口を出しにくかった。でもわたしは妥協しなかった。

「その椅子には座らないで」食卓と壁の間の狭い隙間に押し込めておいた椅子を、男がわざわざ取り出して汚そうとするのを見かねて、ことばを投げた。「その椅子の脇にある椅子をお使いなさい。その椅子には座らないで」

「椅子に座ってはいけないと？」お馬鹿さんに話しかけるように男が問うた。「座る以外に椅子の使い道があるっていうんですか？　なぜ座ってはいけないんです？」脅しよりも無礼さが勝った声音だったけれど、脅す感じが皆無だったわけではない。

「その椅子には誰も座ってはいけないの」わたしは静かに言った。

「誰も？」相手が尋ねた。

わたしは声をいっそう低めた。

「誰も」

ふたりの訪問者は顔を見合わせた。わたしはじっと待った。彼らから目をそらさず、落ち着きを装ったまま、侮られないようにした。とりわけ、女特有と思われている気まぐれで言っているのではないとわからせたかった。

「なぜいけないんです？」小馬鹿にしたような声音でひとりが尋ねた。

「なぜ？」子どもに聞くような調子でもう一度繰り返した。

わたしはほとんど息ができず、すぐ近くにあった例の椅子の背もたれに両手を預けた。息の出具合と、突然ゆっくりになった鼓動から判断して、ほんの少ししか残されていないのは承知している自分の命が、本当に終わりかけているのを実感した。穏やかな日中に、ほんのかすかな微風がそよいだだけで消えてしまう炎がある。ふいに揺らめいて、最初から灯っていなかったかのように消える炎。それがわたしだ。

「そこには座らないで」わたしは静かな声で言った。

「理由を言ってください」相手が返した。

「その椅子は」とわたしが答えた。「もう戻ってこないひとのためにとってあるのよ」

「彼は戻ってきますよ」と相手が言った。

「いいえ」とわたしが返した。「戻ってこないわ」

「あなたの息子さんは戻ってきます」相手が繰り返した。

「その椅子はわたしの夫を待っているのよ」今度はわたしが、お馬鹿さんを相手にするような声音で返した。はっきり言ってやったので満足感がこみ上げた。「夫」ということばを口に出しただけで、この部屋に何かが――少なくとも何かの影が――戻ってきたような気がして満ち足りた。だが相手のふたりは不満な様子だった。ひとりが例の椅子の向きを変え、わたしに背を向けてどかっと腰を下ろした。

わたしはじっと待った。それから素早い動作でそのへんにあったナイフを手に取り、刃に指を触れた。彼らに刃先を向けはしなかったが、ナイフに手を伸ばす動きが素早かったので、ふたりの注意をおのずと引いた。わたしはふたりをちらっと見てからナイフの刃に目を落とした。

「もう一本隠してあるの」わたしは口を開いた。「あなたたちのどちらかがその椅子にもういっぺん触れたら、指一本でも触れたら、容赦はしない。待っているのよ、わたしは待っているの。一瞬で終わる。風のように動くから、声を上げる暇もないわよ。できやしないだろうなんて、一瞬でも思ったら身のためにならないからね」

わたしは仕事があるようなふりをしてふたりに背を向けた。そうして洗う必要もない水差しをいくつかすすいでから、水を汲んできてくれないかと声を掛けた。わたしは彼らが、今しばらくのあいだふたりだけでいたいだろうとわかっていた。彼らが出て行くと、わたしは椅子を壁際に戻し、通せんぼするように食卓をぴったりつけた。夫のことはそろそろ忘れてもいい頃合だとは思っていた。だってもうじき会えるのだから。この椅子のことだって忘れていい頃だと承知してはいる。そのうち忘れてやろう。そのうち、自分の手で呪縛を解いてやろう。

わたしの心は、厳密でくっきりした輪郭を持つ身近な現実の世界と、本当は受け入れたくない空想の世界とのあいだを行ったり来たりする。幸せな安息日を過ごしていた頃には、ひとたび祈りを唱え、感謝と讃美を神様に捧げれば、手が届かない天上にどなたがおられるか、地下の洞穴にはどのような世界が埋まっているかについて、あれこれ思いめぐらす時間があった。あの時分、静寂の中で何時間も過ごしたあと、わたしはときどき、自分の母親が訪ねてくるような気がした。母はどこかとても暗いところからもがき出て、食べ物か飲み物を求めてわたしに近づいてきた。安息日の夜のとばりが下りると、母の姿は、大きな口を開けた洞穴そっくりの巨大な広がりの奥へ沈んでいった。母の頭上にはひらひら羽ばたいて飛ぶものたちがいて、足元からは大地が鳴らす低い轟音が聞こえていた。自分がなぜこんな想像をしたのかはわからない。愛した土地に近い暖かい土の中に埋められた母が、ゆっくり土に戻っていくところを思い浮かべたほうがずっと楽だったと思うのだが。ひとしきりこんなふうに地下世界を黙想したあと、気持ちを切り替えて現実の楽しい用事や、身近なできごとや、昼間扉口へやってくるひとたちの姿を思い浮かべると気持ちが和んだ。

カナのマルクスは、わたしと血がつながったいとこではない。わたしの母と彼の母親が隣り合った家に住んでいて、わたしたちは同じ頃生まれたのだが、親戚ではない。とはいえ成長して別々の道を歩むようになるまで、ふたりで一緒に遊び一緒に育った。彼がナザレのわが家へやってきたとき、わたしはたまたまひとりで家にいた。何年ぶりかの再会だった。彼がエルサレムへ上ったのは知っていた。大勢が上った中で、彼の器量は秀でていたと思う。用心深さとぐらつかない心を父親から受け継いだおかげで、ひとびとに自分を印象づけることができたし、その気になれば相手をだます才覚もあった。彼はどんな意見にも賛成できるひとで、何事につけ自分の意見は持たないか、表に出さなかった。

その日、マルクスがわが家の扉口にあらわれて、わたしの食卓に腰を下ろした。食べ物も水もいらないとつぶやいた彼は、かつてとは違う空気をまとっていた。わたしはのちに、同じ空気と再び出合うことになる。今この家へやってきているふたりの訪問者――というか守り人というか見張り役――に会ったとき、その空気を感じたのだ。冷ややかさ、決意、沈黙を使いこなす能力。目の周りと口元の厳しさが示す無情な心。マルクスは自分が目にしたことを語り、先はまだ見えていなかったはずなのに、このぶんでいくとどんな結果になりそうか語って聞かせた。彼らがしていることを目にしたのはたまたまなんだよ、と彼は言った。マルクスはたまたま同僚のひとりに頼まれて、安息日に一緒に行動していたとき、エルサレムの羊市場の裏手にある池のほとりへ行った。その場所でわたしの息子とその友人たちが集会を開くのを知っていたからだそうだ。マルクスによれば、その場所で息子たちが起こした騒ぎに群衆が集まって以来、集会が人目につくようになったのだという。

年老いた愚者がいて、とマルクスが語りはじめた。いつも仲間たちの真ん中に寝そべっていた。手や足が麻痺したひと、盲目のひと、足を引きずっているひと、うまく歩けないひと。そういうひとたちがあの池のほとりに集まっていて、こともあろうにその池に天使が下りてきて水をかき回す、と堅く信じていた。そうして波立ったその池水に最初に入った者は、何でも病気が治るのだ、と。その日、うちの息子はわが家へやってきたこともある若者たちと一緒に、池のほとりにいたのだそうだ。マルクスは息子とその仲間たちが起こした騒ぎを目撃し、群衆の間に異常な興奮が広がるのを見たと語った。

マルクスは語り続けた――彼らは注意深く見張られているのに気づいていたはずだ。だって、密偵と密告者と回し者たちが四方八方から取り囲んでいたのだから。ずいぶんおおっぴらに監視していたよ。おそらく連中は、自分たちが見張っている姿をひとびとに見られるのを承知の上で報酬を受けていたのだろう。池の近くに立っていたからよく見えたのだが、監視の中心には寝そべった愚者がいた。物乞いをして生きてきたその愚者は、長年患っている足を呪ってわめき散らしていたのだ。騒ぎの中心へ集まっていくひとびとに混じったマルクスは、うちの息子の声を聞いた。「そなたは癒されるか?」と息子は叫んでいた。笑いながら息子の口まねをする者たちがいる一方で、無言で手招きしながら、池のほとりで叫んでいる息子のほうへ群衆を集めようとする者たちもいた。「そなたは癒されるか?」という声が轟いていた。老いた愚者は、天使が下りてきて水面に波を立てているとわめきはじめた。だが手を貸してくれる召使いがいるわけではなく、癒されるのは最初に池水に入った者だけだから、老人はいつまでもそこに寝そべっているほかになかった。声がまた轟く。今度は誰も笑ったりからかったりしない。四方八方静まりかえった中に、「床《とこ》をたたんで、歩け」という声が轟いた。

静寂がどのくらい続いたか、マルクスにはわからなかった。彼の目には寝そべった男が見えた。群衆が後ずさりし、黙って見守るなかで老人が立ち上がり、わたしの息子は彼に、おまえはもう罪を犯すことはないと告げた。老人は、床《とこ》を置き去りにして歩きはじめた。老人は神殿へ向かい、群衆が後に続き、息子と彼の仲間たちも後に続いた。彼らは安息日に大騒ぎを引き起こしつつあった。神殿では誰も老人に関心などなかったし、老人が癒されて歩いているのだと気づきもしなかった。ひとびとが目を向けたのは、安息日を破って老人がわめき散らし、指を差し、その後ろに大群衆が付き従っているせいだった。マルクスによれば、この安息日破りの張本人が誰なのかは皆が承知していた。うちの息子がその日その場所で捕縛されなかったただひとつの理由は、引き続き監視をおこなって息子が次にどこへ行くか、後押ししているのは誰なのかを確かめるためだったという。ユダヤとローマ両方の当局が、密偵や監視者たちの目が光っている真ん中で、息子が群衆をどこへ導き、何を起こそうとするのか、見届けようとしていたのだ。

「息子を止めるために」とわたしが尋ねた。「できることはあるかしら」

「ある」とマルクスが答えた。「もし彼が帰宅して、ひとりで帰宅したとして、表を歩いたりせず、仕事もせず、来客にも会わずに家の中に閉じこもっているとしたら、つまり、世間からきっぱり姿を消すとしたら、当局は手を出さないだろう。ただしその場合でも監視は続けると思う。それ以外に助ける方法はない。もし帰宅させられるなら、一刻も早いほうがいい」

そういうわけでわたしは急遽カナへ行き、いとこの娘の婚礼に出席することに決めた。欠席すると伝えてあったのを変更したのだ。わたしは婚礼が嫌いだ。高笑いとおしゃべりがあふれ、食物を無駄にし、お酒を大量に飲むのが好ましいとは思わない。花嫁と花婿がお金や地位や相続のために犠牲になり、誰のためにもならないことのために祝福を受けるのも見たくない。必要もないのに集まったひとびとがお祭り騒ぎをして酔っぱらったあげく、若いふたりを罠にはめているようで見ていられないからだ。若いうちは気楽でよかった。にこにこしたひとびとに囲まれてばかなことをしているうちに、手近にいるおどけ者を好きになってしまうことだってできたのだから。

わたしがカナへ行くことにしたのは、騒々しい集いに参加して花嫁と花婿を祝福するためではない。いとこの娘のことはほとんど知らないし、花婿にいたっては会ったことさえなかったのだ。わたしはひたすら、息子を連れ戻す手立てを求めていた。出かける前に何日間もかけて、目線に力を込める練習をし、耳に残る低い声音を出せるように稽古した。見込みがない場合には、警告したり脅かす必要もあるだろう。自分にしか言えない、効き目のあるひとことがあるはずだと考えた。文ひとつ。約束ひとつ。脅しひとつ。警告ひとつ。わたしには、そのひとことを言える自信があった。息子と一緒に帰宅できる。だって息子はもうじゅうぶん放浪したのだから、くたくたになっているはずだもの。わたしが話せばあの子を動かせる、と。だがすべては思い違いだった。

婚礼の数日前にカナに着いたとき、無駄足だったとほぼわかった。誰もが息子の噂話に夢中で、母親であるわたしにまで注目してひっきりなしに話しかけてきた。

いとこのミリアムの家のすぐ近くにラザロの家があった。彼のことは赤ん坊の頃から知っていた。近所にはあまたの子どもがいたけれど、ラザロは生まれたときからずばぬけて美しかった。彼は何よりも先に、微笑みを身につけたようだった。産後のラミラを訪ねたとき、彼女は唇に指を当てて、赤ん坊が寝ているところへ案内してくれた。箱寝台の中のラザロは早くも微笑んでいた。それ以後ラミラは、わたしたちの訪問を決まり悪そうな表情で迎えるようになった。というのもわたしたちは本来、ラザロの両親や姉たちに用事があって立ち寄るのだが、ついついラザロがあんよしたり、おしゃべりしたりできるようになるのを夢中になって見守ってしまったから。しかも、そんなふうにやってくる訪問客はわたしたちだけではないようだった。子どもたちはラザロの姿を見つけると、遊びの仲間に即座にくわえた。どんな遊びでもラザロがくわわるとたちどころに場が和み、皆が仲良くなった。今にして思えば、ラザロは不思議な力を与えられていた。心の闇にも恐れにも襲われたことがなく、夜の片隅や安息日の終わりの時間に潜んでわたしたちの魂に忍び込もうとするなにものかに脅かされたこともなかった。何年間か、彼の姿を見かけない時期があった。家族がベタニアに住み替え、やがてカナへ戻ってくるまでの期間だ。だがその数年間にもラザロの近況は聞こえてきた。才能に恵まれ、礼儀正しく、考え深くて心優しい青年に育ったラザロを見て、家族は、オリーブ畑と果樹園にいつまでも留めておくわけにはいくまいと考えているらしい、という話。出世話が舞い込んで、大きな町へ出ることになるだろうという話。あれだけの魅力があり、見た目の美しさが男らしさへと変貌をとげたのだから、花を咲かせる晴れの舞台がどうしたって必要だという話などが、風の便りに聞こえてきていた。

だがラザロの舞台が死の世界になろうとは、誰ひとり予想していなかった。すべての長所と美、さらに両親と姉たちにとって神様からの賜物としか思われなかった格別の輝かしさが、不気味な冗談に様変わりしてしまおうとは、誰にも予見できなかった。それはまるでおいしい料理の匂いを嗅がされ、お腹をふくらませる幻想だけ与えられて、実物はさっさとよそへ届けられてしまったようなものだ。ラザロが一日か二日痛みに苦しんだあといったん回復したものの、再び痛みがぶり返して頭痛がはじまった頃のことを覚えている。頭痛はたびたび一晩中続き、彼はうんうんうめいた。うめきながら、良い人間になりますから……と彼は誓った。だが手の施しようがなかった。頭に毒が広がり、衰弱がはじまって、光に耐えられなくなった。隙間から入ってくる光さえも我慢できず、誰かが扉を開けて部屋へ入ってこようとしただけでラザロは悲鳴を上げた。そういう状態がどのくらい続いたのかわたしは知らない。でも家族がよく看病したのは知っている。黄金に実った麦が収穫直前に一夜の暴風でなぎ倒されたり、果樹にとりついた悪疫のせいで果実がしぼんでしまうのに似ていた。彼の名前を口にしたり、近況を尋ねることさえ、不吉に思えてはばかられた。

そういう事情があったからラザロの様子を尋ねはしなかったものの、彼のことはよく考えた。わたしはカナ行きの支度をしながら、彼の姉たちを訪問すべきかどうか思案した。出発したとき、ラザロがすでに亡くなっていたことは知らなかった。

カナに到着したとき、通りに奇妙に人気《ひとけ》がないのに気づいた。あとから聞いた話では、数日前の昼間、二時間かそれ以上のあいだ、あらゆる鳥たちが空から消えたという。突然夜が来たか、さもなければ、やってくる大洪水を避けるために鳥たちがいっせいに巣へ避難したかのようだった。万物が息を殺して身を縮め、風はなく、木の葉のそよぎもなく、家畜の鳴き声もなかった。猫たちは姿を隠し、影さえも動きを止めたという。ラザロが死んだのは、わたしが到着する一週間前だった。墓に入れられて四日後、わたしの息子とその弟子たちがカナへやってきて大口を叩いたのだそうだ。息子が、ラザロを掘り出して墓から出すように言ったとき、村人たちは皆顔を見合わせた。ラザロは死を前にした数日間、安らかで美しい様子だったので、今さら遺体を掘り出したいと思うひとは誰もいなかった。ところが、到着した群衆があまりに激しい狂騒状態だったので、姉妹は何もしないわけにはいかなかった。盲目のひとが視力を回復した話や、集会のとき不思議にもたくさんの食物が出現した話を聞いて、群衆が集まってきていた。彼らの間では不思議な力と奇跡の話題で持ちきりだった。この群衆は、イナゴの群れが欠乏と災いをことさらに求めて荒野をさ迷うのと同じように、ここまでやってきたらしい。

だが誰も、死者を生き返らせることができる者がいるなどとは思っていなかった。そんなことは誰ひとり考えつかなかった。ほとんどのひとは、そんなことを試みれば天を愚弄することになると信じていたはずだ。少なくともわたしはそう教わった。彼らもわたしも、死という充足に手を触れてはならないと感じていたし、今でもわたしはそう感じている。死には時間と静寂が必要だ。死者たちは、彼らが得た新しい賜物——あるいは災いからの新しい自由——を抱いたまま、そっとしておいてやるのが一番なのだ。

死んだ若者のふたりの姉、マリアとマルタは、足の悪いひとが歩けるようになり、盲目のひとが視力を回復したという話を聞いて、うちの息子の教えに従うようになった、とマルクスが教えてくれた。弟が静かに死を迎え入れようとした最後の数日間、ふたりの姉はできることなら何でもしただろう。ふたりは、地中に隠れた水源から流れ出した水が川になり、平野を通って海へ流れ込むのと同じように、弟が死へ向かって流れ落ちていくのを見つめた。ふたりはその流れを脇へそらし、平野を蛇行させ、日射しの重圧をかけて干上がらせることができるなら、そうしたに違いない。弟を生かしておくためにできることがあれば、何でも試みただろう。ふたりはうちの息子に伝言して、来てくれるよう頼んだ。ところが息子は来なかった。わたし自身が息子に会って気づいたのは、彼は、時が満ちていない場合には、たとえ知人がどんなに頼んでも心を動かされないということ。嘆願を聞いてもらえなかったマルタとマリアは、弟が息を引き取るまでそばに付き添った。ラザロは完全に海の波の一部となり、目に見えない波の律動に身をまかせて死んでいった。川の水が徐々に塩辛さを増す日々が過ぎ、姉たちが弟の遺体を埋葬したあと、ラザロを愛したひとたちや、姉たちの知人がなぐさめにやってきた。姉妹の家からおしゃべりと哀悼の声が聞こえた。

どん尻に不平家や怪しい占い師たちまでくっつけて、見世物行列のような群衆が到着したのを耳にすると、マルタは道へ出て、うちの息子に弟の死を知らせた。彼女は息子の正面に立ちはだかり、息子とその取り巻きを黙らせ、「もっと早く来てくれたら弟は死なずにすんだかもしれなかったのに」と叫んだ。マルタはさらに言い募らんばかりの勢いだったが、息子が深く後悔しているのがわかったのでひと息ついた。息子は、ラザロの死がほとんどすべてのひとびとにとって耐えがたい悲しみだと理解していた——すくなくとも理解しているように見えた。その悲しみは今や、下ろしきれない重荷になった。

静寂を少し長引かせてからマルタが再び口を開き、その声に群衆は耳を傾けた。彼女はとても小さな声で語ったが、皆ひとことも聞き漏らさなかった。悲しみの真っ只中で必死に訴えたので、嘆願のことばは抗議のように響いた。

「わかっていますよ」と彼女は言った。「死んでから四日たちましたが、あなたなら今からでも、弟の息を吹き返させることができるはずです」

「彼は復活するだろう」と息子が答えた。「時が来て、海原が鏡のように平らかになるとき、万人が復活するのとともに」

「待てません」とマルタが言った。「あなたの力を今使って欲しいのです」

彼女はわたしの息子に向かって、他のひとたちが言ったのと同じことを言った。わたしたちは死を免れない人間ですが、あなただけは違います。あなたは神様の息子だとわたしは信じています。あなたは人間の姿でこの世界へ遣わされたけれど、死を免れぬ身でないあなたには、特別な力があります。あなたこそわたしたちが待ち望んでいたひと、やがて天と地の王となるお方。わたしと妹は神様のお恵みに与っていたおかげで、あなたがあなただとわかったのです、と。マルタは弟のために両腕を広げ、飾らない声を張り上げて、あなたは神様の息子ですと言った。

マルタが、泣くために墓へやってきたマリアを見つけると、マリアも息子の前に出て、あなたには特別な力があります、と言った。マリアが泣き、わたしの息子も涙を流した。息子は生まれてからずっとラザロを知っており、わたしたち皆と同じようにラザロを愛していたからだ。息子がマリアと一緒に、真新しい土をかぶせたばかりの墓へ行くと、後ろについてきた群衆からざわめきが漏れた。病気の者を癒し、足の悪い者を歩かせ、目の見えない者の視力を回復させたのだから、死者を復活させることだってできるはずだ、とひとびとが声を上げていた。

息子はしばらく無言でそこにたたずみ、ささやくような声で、墓を掘り起こすよう命じた。マルタは自分の願いが聞き届けられたにもかかわらず、急に怖くなって悲鳴を上げた。そして、わたしたちはもうじゅうぶん苦しみました、遺体は土の中で嫌な臭いがして、腐っていますと叫んだ。しかし息子は意志を曲げなかった。墓が開かれ、ラザロの遺体を覆っていた軟らかい土が取りのけられるのを、群衆がたたずんで見守った。遺体が見えてくると、マリアとマルタとわたしの息子を除く群衆の大半は恐怖におののいて尻込みした。息子が大声で言った。「ラザロ、出てきなさい」群衆は再び墓の近くへ寄ってきた。鳥たちの歌声が止み、空から鳥が消えたのはこの瞬間だった。マルタもそのとき、時が止まったと思った。それから二時間のあいだ、伸びるものはなく、生まれるものも、あらわれるものも、死ぬものも、しおれるものも何ひとつなかった。

泥土で汚れ、死衣をまとった人影が、あてがわれた穴の中でひどくためらいながらのろのろと動きはじめた。彼はいったん大地の力で押し上げられたあと、すべてを忘れ果てて凍りついたかのようだった。それからもう一度、大地が彼の脇腹を突くと、見たこともない新奇な生き物みたいに身をひきつらせ、もだえながら、生命を再びつかもうとした。体を敷布でくるまれ、顔には小さな布が掛けられたラザロは、子宮の中の赤ん坊が時の満ちたのを悟って生まれ出ようとするしぐさで、世の中へもがき出てこようとした。「束縛をほどいて、彼を自由にしてやりなさい」わたしの息子がそう言うと、近所に住んでいる男のひとがふたり進み出て、群衆が驚きと恐怖のあまり固唾を呑んで見守っている中を墓穴へ下り、ラザロを引き上げて敷布を解いた。彼は腰に一枚だけ布を巻いた姿で立ち上がった。

死んだのに、彼は少しも変わっていなかった。ぱっちりと目を見開き、困りはてたような顔で太陽を見つめ、それからあたりの空を見た。群衆のほうは見ていないようだった。彼の口から音が出た。だがそれはことばではなく、ささやきと化した叫びというか、鼻を鳴らす音に似ていた。ラザロが歩き出すとひとびとは後ずさりした。姉ふたりに手を引かれ、人混みを割るようにして、うつろな目を泳がせながら家へ向かった。天地は凪いで沈黙していた。わたしの息子も黙りこくっていたと聞いた。ラザロはひとりですすり泣きはじめた。
皆は最初、ラザロが涙を流しているのに気づいたが、じきに彼はわめき声をあげて泣きはじめた。ふたりの姉が彼にやさしく手を添えて家路をたどった。その後ろを黙りこくった群衆がぞろぞろついていった。ラザロがわめく声はどんどん大きく、すさまじくなった。家の扉口までたどりついたとき、ラザロはもう歩けなかった。三人は家の中へ入り、鎧戸を閉じて激しい日差しを遮った。群衆はいつまでも戸外で待ち続け、日が暮れてからも延々と居残るひとびとがいた。夜を徹して朝まで待ったひとたちもいたけれど、三人は家に引きこもったままだった。

わたしがカナへやってきたばかりの数日間、町にはふだんと違う雰囲気があった。屋台店や露天商の店先にはいままで見たよりもたくさんの品物が並んでいた。食料や衣類だけでなく、調理器具や錠前や扉まで出ていた。そればかりか、猿や鳥まで売られていた。鳥は密林から連れてきた種類のようだった。赤と黄色と青色の華麗な鳥たちをわたしははじめて見た。周囲に人だかりがして、皆目を丸くしていた。露天商にも道行くひとにも重荷を下ろしたような浮かれ気分が漂い、ひとびとが声を掛け合ったり歓声を上げたりしていた。街角から高笑いも聞こえた。夫と結婚する前、市が立つ日を狙ってエルサレムをときどき訪ねたものだったが、ひとびとはそれぞれの持ち場で自分の仕事をこなしていて、町全体に威厳があり、安息日に向けて慎み深く準備を進めているように見えた。ところがカナは、張り上げた声と巻き上がる埃とひょうきんな笑い声で溢れていた。若者たちは野放図に笑い、口笛や騒々しい野次がいたるところから聞こえてきた。町歩きから帰宅するとすぐ、いとこのミリアムがわたしに、ラザロがその後どうなったか話してくれた。今では皆、彼とふたりの姉が住む家に近寄るのを避けて、通りの反対側を歩くのだそうだ。ミリアムが聞いたところでは、ラザロは暗くした部屋の寝台に寝たきりで、水を飲み、水に浸して柔らかくしたパンを呑み込むのがやっとなのだという。ミリアムが、群衆はどこかへ移動していったと教えてくれた。群衆の後ろを呼び売り商人、物売り、水の運搬人、さらには火食い術の魔術師や安い食べ物の賄い屋までが追いかけて一大集団になっていた。それらすべてを当局の人間が虎視眈々と見つめていた。群衆に紛れて監視する者たちの他におおっぴらに追いかけている者たちがいた。彼らは法に触れる大騒ぎや、新しい奇跡や、治安妨害が起きたと見るや素早く群衆を離れ、当局に報告するため、エルサレムへの一番乗りを競った。ローマ人はそれらの情報をとても喜んだという。

　ミリアムはうちの息子に、わたしがカナに来ていると伝言した。息子から返事が届き、彼も婚礼に出るつもりで、席はわたしの隣になると言ってきた。ようやくふたりで話ができると思った。わたしはほっとした。長旅のあとだったので、まどろんだあと、熟睡した。ミリアムがラザロの話を何度も繰り返し聞かせてくれた。わたしは息子を正面から説得する心がまえを整え、ほとぼりが冷めるまでミリアムの家の奥の部屋に息子をかくまうつもりでいた。やがて何か新しい動きが見えたら、こっそりナザレへ逃げ帰ればいいのだから、と。婚礼の前夜、ふだんなら日が暮れてからは物音ひとつしないミリアムの家の周囲の通りが、足音や人声でざわついているのに気づいた。大声で笑ったりおしゃべりしたりする声が一晩中響き、声を張り上げて呼びあったり、けんかするみたいにじゃれあったり、ふざけた議論をしてみたり、通りをかけずりまわったりするざわめきが絶えなかった。

　その晩、わたしたちが眠る前に、興奮に胸を躍らせたひとたちがやってきて、花嫁がもらったたくさんのお祝いの品や、翌日着る予定の婚礼衣装について事細かに話した。花婿の家ではしきたりや流儀をめぐって仲違いが起きているという話まで聞こえてきた。

わたしはただ黙って聞いていたが、自分が注目を集めているのは承知していた。そして、わたしがどんな人間か自分の目で確かめるために、あるいはわたしとただ同席したいがために、わざわざ寄ったひともいるのだとわかった。わたしはそそくさと台所へ行って手伝いをした。飲み終えた茶碗を載せるお盆を持って部屋に戻ろうとして、一瞬、入り口の陰になったところで立ち止まると、ミリアムともうひとりの女性が、他のひとたちにまたもやラザロの話を聞かせているところだった。

ミリアムともうひとりが、自分たちはその場にいたわけではないと話しているのを聞いて耳を疑った。あとで、ミリアムとふたりだけのときに、あの日人混みのなかにいなかったのかと尋ねると、彼女は微笑んで、いなかったわよと答えた。ミリアムは、現場で一部始終を見届けたひとたちから細かい話を聞き集めたのだという。驚いたわたしの顔に気づいた彼女は、窓のほうを振り向き、鎧戸を閉めて、静かな声で語りはじめた。

「ラザロは死んだ。そのことは疑いないの。四日間埋葬されていたことも疑う余地なし。ところが今、彼は生きていて、明日の婚礼にも出席します。村のひとたちは皆、今までにない奇妙な気分を味わっているけれど、次に何が起こるのか誰も知らない。ローマ人にたいする蜂起の噂があるし、律法の教師たちにたいする暴動の噂もあるわ。ローマ人が教師たちをやっつけようとしているんだと言うひともいれば、教師たちこそすべての黒幕だと言うひともいる。本当は反乱なんて起きないかもしれない。でも、わたしたちが知っていることすべてを――死だって例外じゃないの――ひっくり返す反乱が起きる可能性もあるのよ」

彼女は、「死だって例外じゃないの」ということばを繰り返した。そのことばの気迫がわたしを凍りつかせた。

「死だって例外じゃないの」彼女は三度繰り返した。「ラザロはそれを示す最初のひとりかもしれない。今は自分の家で生きているけど、一週間前は確かに死んでいたんだもの。これこそわたしたちが待ち望んでいたことなのかもしれない。群衆がやってきたのも、ひとびとが夜騒いでいるのも、そのせいじゃないかと思う」

翌朝台所にいたとき伝言が届いた。マルタとマリアとラザロがミリアムの家へ来て、皆で揃って婚礼の祝宴に行くことになった、という段取りの知らせだった。ラザロはまだ体調が思わしくないとのことで、姉ふたりは、ひとびとがラザロを怖がっているのを承知していた。「あの子は誰も知らない秘密を抱えて生きているわ」とミリアムがつぶやいた。「彼の魂はあの世に根を下ろす経験をしたでしょう。だから皆、彼が何を言うか、あの子がどんな経験を語りだすか、恐れているの。あのふたりは、自分たちだけでラザロを連れて婚礼に行くのが心細いのよ」

わたしは注意深く身じたくをした。暑い日だった。わたしたちは室内を暗くして、湿気の多い濃密な空気をかきわけるようにしてゆっくり動いた。ミリアムとわたしはそわそわして、二、三度主室で鉢合わせしたが、ことばを交わさぬままじっと椅子に腰掛けて、心を落ちつかせた。ふたりとも客人の到来を待ちかねていた。物音がするたびに、わたしたちはざわついた気分でお互いの顔を見つめた。マルタとマリアが弟をこの部屋へ連れてきたらどんなふうになるか、想像もできなかった。時間が経つにつれて不安が募ったけれど、暑さと薄暗さと静けさの中でついうたた寝をした。ミリアムがわたしの正面に立って、「来たわよ」とささやく声で目が覚めた。

姉妹はかつて見たときよりも美しかった。厳粛な面持ちで息苦しい部屋へ入り、わたしのほうへ歩いてきたふたりには、揺るぎなさと気高さにくわえて、はかりしれない重々しさがあった。身をもって経験してきたことがくっきりと人柄に刻印された姉妹は、他のひとびととは別種の存在だった。しぐさに落ち着きがあり、微笑みには言いしれぬ深さがあった。わたしは近づいてくるふたりを見て、ラザロに起きた事件とわたしが結びつけられているのを感じた。姉妹は弟が蘇生したことに感謝するため、わたしに触れ、抱きしめたがっていたのである。

かんじんの弟は戸口にたたずんでから、静かに部屋へ入ってきた。彼がため息をついたので、わたしたちは皆彼のほうへ近寄った。その瞬間好機が訪れた。わたしにとってはそれがたぶん唯一の機会だった。他の誰にとってもそれ以上の好機があったとは思われない。尋ねるなら今だ。部屋は薄暗く、ひっそりと静かで、女ばかり四人のわたしたちは、口外してはならないことが何かをちゃんとわきまえていた。ほんの一瞬だが、わたしたちの誰かがラザロに、彼が訪れた、魂たちが住まう洞穴の様子を尋ねても不自然でない間合いがあった。そこはすべてを塗りつぶしてしまうような、大きな暗闇だったの？　それとも光があったの？　目覚めていた？　夢の中？　熟睡していた？　声は聞こえた？　それともまったくの静寂？　水が滴る音とか、ため息が聞こえたりした？　こだまはあった？　知ってるひとに会った？　わたしたちも皆好きだったあなたのお母さんには会えたの？　あちらをさまよっていたとき、わたしたちのことは思い出した？　血が出たり、痛かったりはしなかった？　ぼんやりした、青白い景色だったの？　それとも赤くて荒涼としていた？　崖や森や砂漠はあった？　霧が迫ってきたりはしなかった？　怖がっているひとはいた？　あそこへまた戻りたい？

ラザロは暗くした部屋にたたずんだまま、またひとつため息をついた。その瞬間何かが壊れた。わたしたちは好機を逸した。おそらく二度と機会はないだろうと思った。ミリアムが水を飲みたいか尋ねると、彼はうなずいた。姉たちに勧められるままに彼は椅子に腰掛けた。ぽつんとした孤独感がきわだった。姉たちが言うには、ラザロは、体の奥に居残って昼も夜も彼を目覚めさせ続けている、かぼそい生気をつかもうとして、手を伸ばしているらしかった。

祝宴会場をめざして一同で歩く間、彼はひとこともしゃべらなかった。わたしは、ふたりの姉に支えられて進むラザロを見つめずにはいられなかった。自分自身の死という、類まれな体験を満たした魂を抱えて歩く彼の姿は、あふれんばかりの甘水《かんすい》を入れた、ずっしり重たい水差しを持ち運んでいるみたいだった。彼の様子をひとしきり夢中に観察したのち、目をそらそうとやっきになっていたわたしは、その先に何が待っているか考える余裕がなかったが、祝宴がおこなわれる家の近くまでたどりついたとき、婚礼には関係ない群衆が集まっているのを見た。見覚えがある呼び売り商人や行商人にくわえて、大挙してやって来た若者たちが議論したり大声を上げたりしていた。わたしたちが近づいていくと全員が道を空け、群衆の間に静寂がゆっくり広がった。最初わたしは、姉たちの介助を受けて歩いているラザロのせいで、皆が静まりかえったのだと思った。ところがじきに、わたしがいるせいでもあるとわかって、来なければよかったと後悔した。なぜわたしの素性が知られているのか不思議だった。ひとびとが後ずさりしてわたしに道を空けた様子はほとんど滑稽で、夢に出てきそうな光景だった。だが皆の目に敬意と恐怖が光っているのに気づいたとたん、滑稽ではなく恐ろしい光景なのだと思い直した。わたしは地面に目を落として、誰でもないひとになりすましたつもりで、友人たちと一緒に祝宴の会場へ入った。

するとただちに、わたしはみんなから引き離されて、屋根付きの日陰にしつらえられたテーブルに案内され、マルクスの隣りに座らされた。彼はそこでわたしをずっと待っていたようだった。彼はわたしに、君たちと一緒にいるところを見られると危険なので長居はできないと言った。それから、わたしたちがこの家へ入ってくるときに脇を通ったはずなのに、そのときは気づかなかったひとりの男に注意を促した。

「あの男を見て」とマルクスが言った。「ユダヤ人の指導者とローマ人の指導者のあいだを自由に行き来できる男は二、三人しかいない。彼がそのひとりだ。お金をもらってその役を引き受けている。谷間一面に広がるオリーブ畑を持っていて、手下や召使いを山ほど雇って大邸宅に住んでいる。自分の領地へ行く以外、めったにエルサレムを離れない人物だよ。良心がとがめるということを知らない男でね。最も貧しい地域の、最下層の家から出た男。最初頭角を現したのは才能によってではなく、痕を残さず、音も立てずに、ひとを絞め殺すことができたからだ。その技ゆえに上から重宝されたが、今では他の技も身につけたらしい。何を起こすかを決めるのはあの男で、彼が言うことには皆が耳を傾ける。冷静で、容赦ない判断を下す男だ。あの男がここへ来ている以上、よほど用心深く逃げ出さない限り、君たちは一網打尽になる。できるだけ早く家へ帰らなくちゃだめだ。君も息子さんも。あの連中が一番注意深く見張っているのは息子さんだよ。祝宴がはじまる前でもいいから連れて逃げ出すこと。なんらかの変装をさせてやればそれに越したことはないけれど、とにかく誰とも口をきかず、止まらずに逃げ切って、息子さんは家から決して出さないこと。数ヶ月間、場合によっては数年間。それ以外に生き延びる道はない」

マルクスはそう言い残して立ち上がり、別のテーブルにいた少人数の集団に混じってどこかへ行ってしまった。わたしは戸口に立つ人影に見張られたまま、ひとりで腰掛けている他にどうしようもなかった。わたしが見る限り、その男はとても若く、無害で世間知らずな感じで、貧弱な口元と細いあごに霞みたいなひげがようやく生えはじめたようにしか見えなかった。およそ悪事などしでかしそうにないこの男は、目だけが違っていた。彼の両目は見たものや見た人物を忘れないよう、視界を丸ごと呑み込むような視線を浴びせて、場面をつぎつぎに切り取っていった。目つきは終始獣じみていて、顔には知性のかけらもなく、冷ややかささえ浮かんでおらず、あるのはぼんやりと受け身な野蛮さだけだった。わたしは一瞬彼と目が合ったが、すぐに目をそらして、ラザロのほうだけを見るようにした。

ラザロが死につつあるのは、わたしの目には明らかだった。彼が生者の世界へ戻って来たのは、最後のさよならを言うために違いない。ラザロはわたしたちの顔を見分けられないらしく、水に浸したパンを姉から手渡されると、水が入ったグラスを口元へ持っていくのがやっとだった。彼は地底めがけて根を伸ばしているかのようで、姉たちに向けるまなざしは、市場や人混みの中のひとを見るのと変わりなかった。彼の周りにははかり知れない孤独感が漂っていた。彼が四日間の死ののちに蘇生したのだとすれば、魂はその経験に押しつぶされてぺしゃんこになってしまったのだろう。彼のすべてを純粋な痛みで満たしてしまう何かを味わったか、見たか、聞いたに違いない。その何かは口に出せないほど恐ろしい仕方で彼をおびえさせたのだ。その経験は他人と分かち合うことができない。たぶんそれを表現することばがないから。そんなことばなどあるはずがない！　ラザロを見つめながらわたしは、彼を途方に暮れさせたのがどんなものだったにせよ、何を知ってしまったにせよ、何を見たにせよ、聞いたにせよ、彼がその何かを魂の奥底に納めて運び続けているのは確かだと思った。そしてそれは、彼の体が血液や精力のほの暗い割り当て分を運び続けているのとまったく同じだと思った。

それから群衆がやってきた。彼らの様子は、パンが足りなくなった年に見た光景を思い起こさせた。ときどきまとまった分量のパンが届くと、ひとびとはパンめがけて殺到するのだが、パンの数はじゅうぶんでないので、いつも殺気だった押し合いになった。わたしが通りで目にした群衆は、婚礼の祝宴に出るために来たのではない。誰を目当てに来たのか、わたしは承知していた。その本人がいよいよ姿を現したとき、マルクスから話を聞かされたときよりもいっそう恐ろしくなった。

わたしの息子は豪華な衣服を着てあらわれた。その上、それらの服を着るのが当然の権利だと言わんばかりの物腰だった。上衣《チュニック》は見たこともない布地でできており、その布地の紫に近い青色も、いまだかつて人間が着ているのを見たことがない色だった。息子は老成したのかと思ったけれど、勘違いだった。周囲の人間がうやうやしく扱っているせいでそう見えただけだ。息子についてきたひとびとは誰も豪華な服など着ていなかったし、息子が振りまいているようなめらめらした輝きを放ってもいなかった。息子は誰にも話しかけず、立ち止まりもしないで、ゆっくり部屋を横切った。

立ち上がって抱きしめようとすると、息子はへんに堅苦しい態度をとり、威厳を保つようなそぶりを見せて、初対面のひとのように振る舞った。わたしは今こそ口を開くべきときだと思った。他のひとが来る前に伝えなくてはいけない。わたしは息子を引き寄せた。

「おまえはとても危ない目にさらされているんだよ」とわたしは耳打ちした。「監視されているんだ。わたしがテーブルを離れたら少しだけ待って、それからすぐにあとを追いかけてきておくれ。誰にも言わないでこの場所を離れるんだよ。ぐずぐずしないでここを逃げ出さなくちゃいけない。わたしは花嫁と花婿が入ってくるのを待ってから、気分転換に外へ出るように見せかけて逃げ出すからね。それが合図。おまえもついてくるんだ。帰るなんて誰にも言わないこと。ひとりで逃げ出すんだよ」

話し終わらないうちに、息子はわたしのそばから離れた。

「婦人よ、わたしとどんなかかわりがあるのですか？」彼はまずそう問いかけ、皆に聞こえるように大声で繰り返した。「婦人よ、わたしとどんなかかわりがあるのですか？」

「わたしはおまえの母親だよ」とわたしはつぶやいた。だが息子はすでに、他のひとたちに向かって話しはじめていた。自分自身と、世の中で自分がなすべき仕事について、奇妙に偉そうなことばづかいで大げさな話をぶち上げ、謎なぞ話を語った。わたしは息子の声をこの耳で確かに聞いたのだが、そのことばが彼の口から出たとき、ひとびとは皆頭《こうべ》を垂れた。息子はその瞬間、わたしは神の息子です、とはっきり告げたのだ。

息子が席に腰掛けた。わたしが耳打ちしたことについて考えているのかなと思った。花嫁と花婿が入場するのをきっかけにわたしは行動を起こし、息子が逃げ出してくるのを待てばよいと思った。ところが主賓の入場を待つうちに、息子の体に触れようとしてやってくるひとびとの数がゆっくりと、だが確実に増えてきた。そうして、家の外まで来ている群衆の人数が皆にささやき声で伝わる頃には、わたしの耳打ちは息子の耳に入らなかったのだとわかった。興奮のるつぼの真っ只中で、息子は誰の言うことも聞いていなかったのだ。入場してくる花嫁と花婿に向けて喝采が沸き上がったとき、わたしは方針を変え、ここにとどまってうまくやりとげようと心に決めた。今しばらくは息子のそばにいて、もういちど機会を狙えばいい。夜になれば、あるいは夜明け頃には、わたしと息子がふたりきりになるときがきっとある。そのときこそ耳打ちのチャンスだ、と。そんなふうに考えて息子を見ながら、わたしはふと気がついた——自分のほうが事情をよく知っていると思い込んで、息子を諭そうとしたなんて、わたしとしたことがばかげていた。お人好しのもの知らずにも程がある、と。同時にわたしは、マルクスがまだいてくれたらいいのにと思って、入り口のほうに目をやった。そして、彼が姿を消した理由を即座に悟った。例の絞首人はまだ同じところに立っており、今は屈強そうな男を二、三人したがえて、群衆のなかの人影をあれこれ指さしていた。次の瞬間、彼と再び目が合った。息子の口から「わたしは神の息子です」ということばを聞いたときよりも肝が潰れた。息子を逃がす機会をつかみ損ねたのはわたしの落ち度ではない。最初からそんな機会などなかった。わたしたちは皆、破滅する運命なのだ！——わたしはすぐにそう理解した。

食べ物はほとんど喉を通らなかったし、どんな料理だったかも覚えていない。息子と隣り同士で二時間以上も座っていたのに、全然ことばを交わさなかった。今思えば奇妙だけれど、あの場では沈黙はまるで不自然ではなかった。外から聞こえてくる叫び声にあおられて祝宴会場の空気が異様に高ぶり、抑えが利かない狂乱状態に近づいていたので、ふたりでしゃべったとしてもことばは床に落ちたパンくずみたいなものでしかなかったからだ。ラザロは、あたかも自分の全存在を覆い隠すかのように死の白い光をまとっていて、その内側へ入りこむことは誰にも許さなかった。それとまったく同じように、うちの息子は人生の混乱をまとっていた。空は真っ青なのに暴風が吹き荒れている一日。完熟した果実をびっしりつけているのに収穫されていない果樹。せっかく与えられているのに考えなしに浪費される精力。息子は、わたしが覚えている子どもとはおよそかけ離れてしまっていた。少年時代はいつも朝からご機嫌で、ことばを掛けるのが楽しかった。見目が良くて繊細で、世話のし甲斐がある子どもだった。ところが目の前の息子には繊細だった頃の名残はない。雄々しさばかり見せつけて、ありあまる自信を燦然と輝かせている。そうだ、あまりにも輝きすぎていて、せっかく二時間もあったのに思い出話などできやしなかった。息子にもし話しかけたとしたら、天の星か満月に向かって話しかけるようなものだっただろう。

やがてわたしは、ますますたくさんのひとびとが祝宴会場へ詰めかけてくるのを目の当たりにした。そして皆が注目しているのは、花嫁と花婿がいるテーブルではなく、わたしと息子のテーブルだと気がついた。マルタとマリアはラザロの腕を取り、ほとんど抱きかかえるようにして会場から出て行った。絞首人はまだ同じ場所にいたがわたしは目を合わせないよう気を配った。そのとき、ワインが底を突いたぞ、と誰かが叫んだ。するとと大勢のひとがわたしたちのテーブルへ近づいてきた。彼らは遅れて到着したひとびとで、みすぼらしい身なりに興奮をまとい、信じやすそうな顔に懇願の表情を浮かべて、抑えきれない感情が声音にあらわれていた。ワインがもうないと騒ぎたてるひとの数がますます増え、中には、わたしならどうにかできるだろうと言わんばかりに、声を投げてくるひとたちもいた。わたしは彼らをにらみ返し、相手の叫び声が高まると聞こえないふりを装った。わたしだって少しはワインをすすったかもしれないが、ワインがまだ残っているかどうかには関心がなかった。わたしたちのテーブルの前までやってきたひとびとの中には、まだ飲み足りないひともいたのかもしれない。息子がやにわに立ち上がり、周囲にいたひとたちに向かって、焼き締め陶器の水甕六つに水を満たして持ってくるよう頼んだ。驚いたことに水甕はただちに運ばれてきた。六つの水甕に何が入っているか確かめたわけではないけれど、ひとつめの水甕に入っていたのは確かに水だった。叫び声と混乱の中で皆が、うちの息子が水をワインに変えたと騒ぎ出したので、何が起きたのかはじめてわかった。彼らは花婿と、花嫁の父親を呼んできて、新しいワインの味見をしてもらった。いいワインを宴の最後までとっておくとは異例の習慣ですなあ、と誰かが言った。それからすごく大きな歓声が上がり、祝宴に連なったひとびと全員が拍手喝采した。

わたしは拍手しなかったけれど、誰にも気づかれなかった。というのもわたしが喧噪の中心にいること自体が、水をワインに変えるのを手助けしたかのように見えたからだ。喝采が止んでほとんどのひとが自分の席へ戻ったとき、わたしはもう一度息子に話そうと決心した。すでに話したことをひどく差し迫った感じで繰り返してみるつもりだった。「おまえはとても危ない目にさらされているんだよ」そう言いかけて、やっぱり無駄だと即座に気づいたので、それ以上考えずに立ち上がり、すぐ戻るようなそぶりで宴会場を出て、そのままミリアムの家へ戻った。それから荷物をまとめてナザレへ帰ることにした。

つくづくついていないと思った。ナザレ方面へ向かう旅人の集団がいつも集合する場所にたどりつくと、そこには誰ひとりいなかったからだ。尋ねられるひともいなければ屋根もない。でもそこ以外に待ち合わせ場所を知らなかったので、炎天下で待つことにした。しばらくして貧弱な低い木の下が日陰になっているのに気がついて、そこで待っていたら雨が降り出した。空が真っ青で暑かったのに、突然正反対の天気になった。雨がバタバタ音を立てて、強い風が吹きはじめた。どこにも雨宿りできなかったから外套で体を覆い、木の下にうずくまった。雨が降り続き、雷鳴が轟くなか、ひとびとがだんだん集まってきた。ここで待っていさえすればやがて集団で出発できますよ、と皆が教えてくれた。雨に濡れそぼって、じっとそこで待った。雨が止んだら、荷物の中の乾いた衣服に着替えようと思った。一晩中待たなければならないかもしれなかった。食べ物を売り歩く男が回ってきたおかげで、空腹からまぬがれた。しだいに心が静まり、服も着替えることができて、すこしうたたねをした。家畜の鳴き声と旅商人たちの声で目を覚まし、彼らと一緒に出発した。夜明け前の時刻だった。家へ帰ってからどうすればいいかわからなかったが、旅商人たちが集まってくるのを待ったときと同じく、自分の力ではどうにもなるまいと心得ていた。しかし、テーブルを立ったとき以来、選択肢がひとつだけつねに残されているのも承知していた――その気にさえなれば、引き返すことはできたのである。

　集団でナザレへ向かっているとき、わたしは何度か、引き返していく自分自身の姿を思い描いた。声を掛けて隊列を止めてもらって集団から別れる。そうして反対向きの隊列が来るのを待ってから、逃げ出した場所へ連れて行ってもらえばいい。でも何のために？　何をするために？　たぶん、その場に身を置いて、他のひとびとが見ているものを自分も見届けるために。たぶん、近くにいられるならば、ずっと近くにいるために。何も尋ねはしない。ただ見届ける。知るために。あのときはその気持ちをことばにしなかった。でもカナを出るときにその気持ちは押し寄せていた。出発後しばらくして、心を決めなくてはいけないと考えた。道中の休憩所で休んだとき、カナ方面へ向かう隊列が近づいてくるのを見て、あのひとたちについて行けば引き返せると思った。それなのに、その隊列を目で追いながら口を噤んでいた。家へ帰ると決めた旅を最後まで全うするほうを選んだのだ。

　家へ帰れば平穏無事なのだから、ものごとに振り回されずにじっとしていられると思っていた。カナで見聞きしたことはできるだけ心から追い出してしまうに限る、と。わたしはふだんと変わらぬ日々を過ごした。それまでと同じように毎朝祈りを捧げ、毎日一度水を汲みに出て、家畜に餌を与え、菜園と果樹の手入れをした。そのあとは二、三日に一度、焚きつけや薪が足りているか確認したが、そもそもそれほどは必要なかった。外が明るいときには日陰になった室内で過ごした。来客には一切応じなかった。ユダヤ礼拝堂《シナゴーグ》から長老が三人やってきて扉をドンドンと叩き、わたしの名前を何べんか呼んだときでさえ返事をしなかった。外が暗いときには寝台に横たわり、眠れれば眠った。ひとりで暮らすうちにだんだんと、この家が目星をつけられているのに気づくようになった。山羊の世話をしたり鶏に餌をやったりするとき、自分が監視されているのもわかってきた。井戸へ水を汲みに行くとひとびとがさっと避けた。わたしが水甕をいっぱいにして立ち去るまで、誰も口を開かなかった。ユダヤ礼拝堂《シナゴーグ》へ入っていくと女たちが場所を空けた。皆こそこそしてわたしの近くには腰掛けないようにした。とはいえ声を掛けてくれる女が少しはいたので、噂話もあるていど耳に入ってきた。今思ってもあれは奇妙な時期だった。ものを考えたり、想像したり、夢見たり、思い出したりさえするまいとしていたのに、いろんな物思いが勝手に心に湧いて出た。湧き上がったのはどれも、時の流れにまつわる物思いだった。無力な赤ん坊を少年に変え、恐れや危なっかしさやちっぽけな残酷さを持った少年を若者へと変えてしまう、時の流れ。若者はいつのまにか自分自身のことばを持ち、考えや秘めた心を持つようになっていたのだ。

時の流れが、カナの婚礼でわたしの隣に座った男をこしらえた。わたしの忠告を意に介さず、他のひとたちの言うことにも耳を貸さなかったあの男。力に溢れたあの男。だが彼が持つ力には、記憶が欠けていた。わたしの乳がなくては生きられず、わたしの手がよちよち歩きの体を支えなければ倒れてしまい、わたしの声がなだめなければ眠ることさえできなかったことをきれいさっぱり忘れているようだった。

あの男が力を振るうのを見ていたらどういうわけか、無力だった頃よりも愛し、助けてやりたい気持ちが強くなった。彼の力の本質を見抜いたとは思わなかったし、その力を信じないと言い張るつもりもなかった。いつまでも彼を子ども扱いしたいわけでもなかった。ただわたしはひとつの力が、それ自体としてまぎれもなく立ち上がっているのを目の当たりにした。どこから来たのかわからない力をこの目で確かめたわたしは、日中も、夢を見ているときにも、なんとかしてその力を守ってやりたいと思うようになった。そうするに足る強い愛を、自分は持っていると感じたのだ。息子がどれほど変わったとしても受け止められる、不動の愛を。息子の消息はごく限られたひとからしか届かなかったけれど、道端や井戸端で確かに聞いた。弟子たちは舟で旅立ったという話だった。息子が弟子たちを率いていくのを拒み、ひとりで山奥へ消えてしまったため、弟子たちは舟で去ったというのだ。わたしが懇願したときには逃げるのを拒んだのに、危険の兆しを察知してひとりで逃げたらしい。わたしが聞いた話では、弟子たちはおんぼろの舟で海へ出て――何か理由があったに違いない――カペナウムへ向かったという。夜の海は強い風が吹きはじめて荒れ模様だった。ひとが乗りすぎた舟は風に煽られて前後に揺れ、揺れるたびに浸水したので、弟子たちは溺れ死ぬのを覚悟した。月明かりの下に息子が現れたのはそのときだった、とわたしは聞いた。近所のひとが語ってくれた話では、息子は海の上を、まるで乾いた平地を歩くみたいに歩いてきたのだそうだ。そうして例の力で波を鎮めた、と。息子は他の誰にもできないことをした。たぶんこれ以外にも話はあるに違いないし、わたしが聞いた話はほんの一部分に過ぎないのかもしれない。他にもできごとが起きたかもしれないし、風は吹いていなかったかもしれない。いや、風をこそ鎮めたのかもしれない。確かなことはわからなかったので、それ以上深く考えるのはやめた。

ある日、井戸のそばに立っていたらひとりの女がやってきた。その女が、息子はその気になれば世界を終わらせることができるし、草木を二倍の丈に伸ばすことだってできると言ったので、水差しに水を入れずに井戸端を立ち去り、翌日まで家にこもった。わたしはものを考えたり、思い出そうとしたりせず、霧の中で待ち続けるような気持ちで日々を暮らした。家の四方の壁の内側を、菜園を、そして原野を、音を立てずに歩いた。食物はほんの少しあれば足りた。家の横壁から突き出した金具に、近所のひとが食物を提げておいてくれることもあったので、日が暮れてから取り込んだ。ある日、ふつうよりも強くしつこく扉を叩く音がして、男の叫び声が聞こえた。耳を澄ましていると近所の人たちが通りへ出てきて、どなたか存じませんがこの家は空き家です、と告げるのが聞こえた。ここはあの方の家のはずなのでお母さんが住んでいるはずだ、と尋ねる男の声に対して、近所のひとたちの声が、確かにそうですがここはもう空き家で、ずいぶん前から鍵も閉まっているし、誰も近づかないのですと返事を返した。わたしは扉の内側で聞き耳を立てながら息を詰め、物音を立てないようにしていた。

じっと待つ間に何週間も過ぎた。そしてときおり噂話が聞こえてきた。息子は山から下りたらしい。ラザロはまだ生きており、井戸端や四つ角などひとびとが行き交ういたるところで、彼をめぐる熱心な議論が交わされているのだという。ひとびとはラザロの姿をひと目見ようと家の外で待ち構えるようになり、もう彼を恐れていないそうだ。井戸端会議をするひとたちにとって、噂と新情報が行き交い、実話と派手に誇張された話が混じり合う今こそ、まさに語るべきときだった。わたしはほとんど口を噤んで暮らしていたが、二部屋三部屋しかない家の中に噂話が霧や湿気のように忍び込んできた。そして部屋の空気そのものの中で、死者が蘇生した話や水がワインに変えられた話、それから、海面を歩いてきた男が波を鎮めた話が起きているような気がした。

会いたいと思っていた矢先、マルクスがやってきた。扉を叩く音をひとしきり聞き流したあと、彼の声が近所のひとにわたしの居場所を尋ねているのが聞こえた。わたしは扉を開けた。影が濃くなる時刻だったけれどランプは点けずにおいた。最後にランプを灯したのは一ヶ月ほど前だった。わたしは彼に食卓の椅子をすすめ、水と果物を出した。それから、知っていることを話してくれるよう頼んだ。話せることはひとつしかないと彼が言うので、わたしは最悪の場合を覚悟した。マルクスによれば、事態を収拾するためにひとつの決定がおこなわれたのだという。彼がいったんことばを切ったので、おおかた息子は追放されるか、さもなければ、公の場所へ出たり講話をしたりするのを禁じられるのだろうと考えた。だがわたしの体は勝手に立ち上がり、扉口のほうへ向かった。なぜだかわからないが、残りの話を聞かずに家を出ようとしたのだ。ところが扉口へたどりつかないうちにマルクスがにべもなく言い切った。

「十字架につけられることになったよ」

わたしは振り向いて、聞いたばかりの話について尋ねられる唯一の質問を返した。

「いつ？」

「近々だ」と彼が言った。「彼は世の中を動かしているひとびとがいるところへ戻ってこようとしている。弟子の数もいっそう増えた。当局は彼の居場所をつかんでいて、その気になればいつでも逮捕できる」

そのときわたしの口から出たのはばかげた質問だったが、どうしても尋ねずにはいられなかった。

「どうにかしてやめさせることはできないの？」

「無理だ」と彼が言った。「夜が明けたらただちにここを離れたほうがいい。当局の人間が彼の弟子をひとり残らず探しているんだ」

「わたしは彼の弟子じゃない」

「彼らは君を探しに来るぞ。信じてくれ。だから逃げなきゃだめだ」

わたしは突っ立ったまま、彼自身はどうするつもりなのか尋ねた。

「これで帰る。エルサレムへ君が来たとき、安全に過ごせる家の住所を渡しておくよ」

「わたしはどこへ行けば安全なの？」

「さしあたってエルサレムへ行けば大丈夫だ」

「息子はどこに？」

「エルサレムの近くにいる。十字架を立てる場所はもう決まっている。エルサレムのすぐ近くだ。彼を助けられる見込みがわずかでもあるとすれば、その場所以外にはあり得ない。だが見込みはないと聞いているし、これまでの例を見ても無理だろうという話だ。当局は首を長くして待っているよ」

　磔刑は一度見たことがある。ローマ人がローマ人を処刑したのだ。遠くから見ただけだったが、人間がつくりだしたもののうちで最も忌まわしく、恐ろしい光景を見てしまったと思ったのを、忘れることができない。あのとき、わたしはもういい年でこれからは老いていくばかりなのだから、ああいうものは二度と目にせずに死んでいきたい、と思ったのも忘れられない。遠目に見たあの光景が焼きついてしまって悪寒を感じるので、何かもっと別の、途方もなく恐ろしくて残酷な光景を想像して、磔刑の光景を記憶からぬぐい去ろうとしたのだけれど、どうしてもうまくいかなかった。十字架につけられたひとがどのように死んだのか知らないし、死ぬまでにどれほどの時間が掛かったのかも知らない。槍で刺したか、それ以外のやりかたで責め苦を与えたのか、太陽の熱波を頼んだか、身体の消耗にまかせたのか――生きていればいろいろなことを考えるものだが、あのときほど自分とかけ離れた世界について考えたことはない。磔刑はおよそわたしとは縁のないもので、二度と見ることはおろか、どんな形であれ近寄ることがあろうとは考えもしなかった。わたしはマルクスに、磔刑はどれくらいの時間が掛かるものなのか尋ねた。それは異常な質問であると同時に、現実的な問いかけでもあった。「数日間かかることもあれば数時間で終わることもある。時と場合によって違う」とマルクスが答えた。

「時と場合ってどういうこと？」とわたしが尋ねた。

「尋ねないでくれ」と相手が返した。「知らないほうがいい」

彼は別れ際に、付き添って行くことができなくてすまないと言い、できれば、わたしとの関係は薄かったことにして、内密にしてもらえたら一番ありがたいと言った。彼はまた、逃げるときには外套を着て注意深く行動し、尾行されていないのを確かめるようにと助言をくれた。わたしは最後に、ほんの少しだけ待ってくれるようマルクスに頼んだ。彼のてきぱきしたところ、ものごとを扱うのにえらく現実的なところが、わたしを不安にさせたからだ。

「そういうことぜんぶ、あなたはどうして知っているの?」とわたしが尋ねた。

「密告者を抱えているんだ」彼はおごそかな声音で答えた。ほとんど自慢しているみたいだった。「信用できる連中だよ」

「もう決まったことなのね?」わたしが念を押した。

彼はうなずいた。もうひとつだけ質問をつけ足せれば——あとひとことだけ言い足せるなら——ことばの意味が少しずれて和らぐのに、と心が騒いだ。彼は扉口のところで、わたしのひとことを待っていた。

「エルサレムへ行けば息子に会えるかしら?」わたしが尋ねた。

「さっき教えた住所を訪ねるといい」と彼が答えた。「あそこには、わたしよりも事情に通じているひとたちがいるから」

あなたよりも事情に通じているひとたちなんてどうやったら信頼できるのよ、ということばが喉から出かかったけれど口には出さず、扉口で躊躇している彼を見つめた。彼が出ていく最後の瞬間まで、わたしはつけ足すべきひとことを探しあぐねていた。あとひとこと言えればよかったのに、とうとう思いつかなかった。彼は行ってしまった。長い期間、この家が客人を迎えなかったせいだろうが、彼が去ったあとに純粋な不安の匂いが残った。そして、ひとりぼっちで座っているうちになぜか、彼が教えてくれた住所を訪ねるべきではないという思いが強くなった。行くべき場所はカナだ。あそこへ戻ってミリアムに会って、それからマルタとマリアにも会って、どうすればいいか相談してみよう、と。

わたしはマルクスに言われたとおり外套をはおって出た。それから、どうしても話さなくてはいけない場合でも声は低く保った。カナへ向かう旅人の集団を見つけたので一緒に出発した。他のひとたちが休むときには休むよう心がけ、ひとりで行動して目立ったりしないよう気を配った。ひとびとのおしゃべりは以前よりも自由で、ローマ人やパリサイ人や、長老や神殿そのものや、律法や税にたいする不平不満が話の種になった。女たちも男たちに劣らず雄弁だった。新しい時代が来ている感じがした。わたしの息子と弟子たちが起こす奇跡も話題になった。すぐにでも彼らのところへ飛んでいきたいと思っているひとびとや、せめて彼らの居場所だけでも知りたいと願っているひとびとがたくさんいるのがわかった。

近々起きるできごとが早くも心にのしかかった。それを忘れる瞬間がないではなかったけれど、どんなことに思いを馳せても、近々起こるとわかっているそのできごとが、まるでおびえた獣みたいに、心の中へ飛び込もうと待ち構えているのに気づいてしまうのだ。獣はいつも突然飛び込んできた。やがてもっとゆっくりと、知らぬ間に忍び込んでくるようになった。心の中に住みついた獣は、毒のある生き物みたいにあちこち這い回りはじめた。カナへ向かう道中で星月夜を眺めながら、この星たちはもうじき光を失い、夜空は真の暗闇になって、世界中が大変化を経験するだろうと考えた。だが次の瞬間、その変化はわたし自身と、わたしが知っている一握りのひとびとにしか起きやしないと考え直した。将来、星々の輝きが失せた夜空を見上げるのは、わたしたちだけなのだ。たとえ輝く星々が見えたとしても、わたしたちの目には偽りの輝きがあざわらっているとしか映らないだろう。あるいはまた、星々もわたしたちと同様、暗黒の空を眺めて途方に暮れているようにしか見えないだろう。さもなければ、星々は狭い場所に押し込められた昔の遺物で、必死に懇願するために輝いているとしか見えないだろう。道中の夜は熟睡できたと思うけれど、その後すぐ、近々起きるできごとが心に貼りついてしまい、寝ても覚めてもそのことしか考えられなくなった。

ミリアムはすでに噂を聞きつけていた。わたしが到着したとき、彼女の瞳には恐怖が映っていて、その噂を語りたがっていないのがありありとわかった。そこでまずわたしが自分の知っていることを語り、ここへやってきた理由を話した。ところが彼女はまだ不安をぬぐいきれないようだった。彼女はわたしを玄関口に立たせたまま、半開きにした扉をふさぐように立って、そこを動こうとしなかった。わたしはようやく、彼女がわたしを歓迎していないのだと悟った。わたしを家に入れるつもりがないのだ、と。

「あなたは何を知っているの？」とわたしが尋ねた。

「当局は」と彼女が口を開いた。「あなたの息子さんの友達や弟子たちを、一網打尽に逮捕しようとしているわ」

「それが恐いの？」

「あなたは恐くないっていうの？」

「帰れって言いたいのね？」

ミリアムは戸惑いを見せなかった。

「そうよ」

「今すぐ？」

ミリアムはうなずいた。その瞬間の表情としぐさと、彼女がまとっていた雰囲気から、それまで知っていたよりもたくさんのことを学んだ。わたしは、とても野蛮で逃げ場のない事態——誰の知識も及ばないような闇と邪悪——に向き合わねばならないところまで追い込まれていたのだ。この玄関口で今すぐ逮捕され、どこかへ引きずって行かれて、二度と世の中に戻れなくなってしまえばいい、と思った。わたしはすべてを理解した。ミリアムが冷たくあしらうに違いないと確信さえしていなければ、その場に泣き崩れてしまうところだった。わたしは涙を見せる代わりに礼を言って背を向けた。そして、死ぬまでミリアムに会うことはないだろうと考えながら、マルタとマリアの家へ向かった。門前払いは覚悟の上だった。

ふたりはわたしを待っていてくれた。ラザロは相変わらず暗くした部屋で寝ていて、しゃべることはできなかった。眠りながらときどき、うめき声や叫び声を上げていた。

明け方がくる前の時間に弟がわめいたり泣いたりする声を聞けば、誰だって魂を切り裂かれるような気持ちになる、とマルタが言った。わたしはふたりに、マルクスが訪ねてきたことと、いとこのミリアムの家の玄関口で起きたことを話した。わたしは自分が見張られ、尾行されているかもしれないと説明し、ただちにこの家を立ち去る覚悟はできていると姉妹に伝えた。ふたりは、自分たちの家も見張られているらしいのだと語った。そしてもし、わたしがこんなふうに助けを求めてきた場合にはマルタが家に残り、マリアがわたしと一緒にエルサレムへ行く、とすでに考えを決めてあるのだと言った。夜陰に乗じてこっそり抜け出せばいい、と。たとえ尾行されているとしても、わたしたちにできることは、尾行者を煙に巻く方法を考える以外に何もなかった。姉妹と話しているうちにふたりの違いに気がついた。マルタは、わたしの息子はピラトという男に裁かれる予定だと教えてくれた。ピラトが群衆に向かって、もしおまえたちが望むならこの男を釈放してやってもよいと持ちかけることになっている、と。ところがユダヤの長老たちの指図がすでに行き渡っているので、群衆は息子の釈放を望まない。ローマ人も長老たちも息子の死を願っているのに、双方ともその意向をおおっぴらに宣言するのを怖がっているのだ、と。

マリアのほうは、裁きだの予言だのがふっとんでしまう新しい世界がもうじきやってくると言い張った。今は世界の変わり目で、今こそが最後の日々であるとともにはじまりの日々でもあるのだ、と。その話を聞きながら、どこかよその土地へ皆で逃げ出す場面を夢想した。控えめで、希望を失い、奇妙に怖じ気づいた息子が、群衆に混じってうなだれて歩いている。弟子たちはすでに散り散りになってしまっている。わたしは息子をかっさらって落ち延びるところを思い描いた。ところがマルタに言わせると、そんなにうまくことは運ばない。神殿に到着すると広場には群衆が集まっている。その群衆は、わたしの息子ではなく、バラバという名前の強盗の釈放を望むよう命令されており、命令通りに声を上げるだろうから、息子が釈放される望みはない、とマルタは断言した。

「息子さんはもう捕らえられていて」と彼女が言った。「この先どうなるかも決まっているのよ」

姉妹はわたしの顔を見つめながら、それまで避けていたことばを口に出すのをためらっていた。

「息子は十字架につけられるのでしょう？」とわたしは尋ねた。

「そう」とマルタが答えた。「そのとおり」

それからマリアが口を開いた。「でもそれははじまりなの」

「何のはじまり？」とわたしは尋ねた。

「世界の新しい命のはじまり」と彼女が答えた。

マルタとわたしは、マリアのことばが聞こえなかったふりをした。

「何かできることはないかしら？」わたしはマルタに尋ねた。

ふたりとも途方に暮れた顔になった。そしてマルタが、ラザロが寝ている部屋のほうを向いてこくりとうなずいた。

「弟に尋ねてごらんなさい。妹が言う通りなのよ。わたしたちは世の終わりに近づいているの」とマルタが言った。「わたしたちが知っている世界が終わりそうになっていると言ってもいい。何が起こっても不思議はない。あなたはエルサレムへ行くべきよ」

わたしとマリアはエルサレムに宿を取った。決してことばを交わさず、知り合うこともないままに、たくさんのひとびとがただすれ違っていくだけのこの町は、奇妙なところだと思った。見た目は皆よく似ていて、同じ大地を踏みしめて同じことばをしゃべっているのに、何ひとつ分け合っているものがない。わたしが今感じていることを知っているひとも、秘密を共有しているひとも、この雑踏の中には誰ひとりいない。ひとりひとりがみごとにばらばらで、互いによそよそしい。誰の目にも見えない重荷を背負っているわたしは、知らないひとの目から見れば何の変哲もありはしない。すべてを内側に背負っているのだから。そう考えただけで目が回るようだった。

この宿が逮捕を免れた息子の信奉者たちであふれかえっているのに、わたしは気づいた。マリアは誰かから、わたしを連れて行くならこの宿に限ると聞いたのだ。彼女は、この家は危なそうに見えるけれど安全で、しっかり守られているのだと請け合ってくれた。どうしてそんなことを知っているのか尋ねると、マリアは微笑んで、見届けるひとたちがいなくてはならないから、とつぶやいた。

「誰が見届けるの?」とわたしが尋ねた。「何のために?」

「尋ねないで」とマリアが答えた。「わたしを信じて」

そこに泊まった最初の晩、何年も前にナザレのわが家へ来たことがある男が、玄関扉の鍵を掛けた。その男はわたしを冷ややかな、疑うような目で見つめた。

息子はすでに拘留されていた。本物の囚人だった。彼は逃げも隠れもせずに捕まった。この家に同宿している彼の信奉者たちは皆、息子が捕えられたのはあらかじめ定められていたとおりで、やがてこの世界で起こる大きな救済の一部分だと考えているようだった。もし救済が起きるのなら、息子は磔刑を免れるのか、釈放されるのか、と尋ねたかったのだけれど、ここのひとたちは皆――マリアまで彼らと一緒になって――謎なぞのような話を語りはじめるので、どうにも手に負えなかった。わたしの知る限り、どんな質問をしても確かな答えは返ってこなかった。気がつけば、かつて見た覚えのある異様に興奮したひとたちがいる世界――しゃべる前から心を高ぶらせて息を切らす愚者、痙攣する者、不平家、吃音者などの真っ只中――へ逆戻りしていた。見ているうちに、この男たちの中にも序列があるのに気づいた。口さえ開けば、語ることばに聞き耳を立ててもらえる男たち。そこにいるだけで静寂を呼ぶ者たち。テーブルの上席に腰掛ける男たち。わたしとマリアを堂々と無視する者たち。さらに、背中を弓なりに曲げて従順な家畜のように部屋を駆けずりまわる女たちに、給仕をさせている男たちがいた。

翌日、わたしたちは皆外出した。なかのひとりで、今もわたしのところへよく訪ねてくる男が、マリアとわたしの案内を受け持つことになった。彼はわたしたちに、自分のそばを離れないように注意して、よその人間には話しかけないでください、と告げた。

朝のうちは狭い路地をうねうね歩き、しまいに群衆でごった返した巨大な広場へ出た。

「ここにいるひとびとは全員」とわたしたちの案内人が言った。「神殿に雇われてお金をもらっています。ときがきたら全員で、強盗の釈放を願う声を上げる手はずになっているんです。ピラトはそれを承知しているし、神殿側も段取りがうまくいくと思っています。強盗本人さえ指令を受けているかもしれません。これがわたしたちの救済の発端。新しい世界のための偉大な夜明けです。海と大地の地図が描かれるように、救済はしっかり計画されているのです」

案内人が話し終えたとき、わたしは歩き疲れていた。おまけに片方の履物が足に擦れて痛かった。目をつぶって話を聞いているうちに、彼の声と話しぶりにちょっとした違和感を感じた。彼が語ったのは自分の考えではなく、誰かから教わった考えに違いなかった。彼は、教わった考えであるからこそいっそう正しく、感銘を与えることができる、と信じて語ったのだ。

この広場でのすべてが、前もって計画されていたとは信じ難かった。だが確かにここには、カナの通りや婚礼会場とは異質な空気があった。突然騒ぎ出したり、好き勝手に振る舞うひとはなく、目をぎらぎら燃やしたひとたちの集団も見あたらなかった。この広場のひとびとはおおむねもっと年上で、少人数のグループで集まってきていた。顔は知られていないなかったものの、マリアとわたしは用心して日陰に立ち、慣れたところへ来たようなふりをした。あるいは、案内人も含めて三人で計画に参加しているかのように振る舞った。

最初のうち、広場の向こう側の建物の露台で、誰かが弁舌を振るっている中味が聞き取れず、演説者の姿もよく見えなかった。わたしたちは日なたへ出て、人混みをかき分けて前のほうまで移動しなければならなかった。ピラトだよ、と皆がささやいていた。男はひとこと叫ぶごとに声をいっそう張り上げた。

「あなたたちは、どういう罪で、この男を訴えるのか？」

ひとびとは声をひとつにしてこの問いかけに答えた。

「もし、この男が悪いことを、していなかったら、あなたに、引き渡しは、しなかったでしょう！」

わたしは誰かに押されて横へ動き、周囲のおしゃべりがやかましすぎたせいで、その次のやりとりを聞き損なった。だがマリアが聞き取って教えてくれた。ピラトが広場の群衆に向かって、囚人を引き取り、ユダヤの律法にしたがって裁けばよかろうと提案したのだ。

ピラトはまだ露台にひとりで立ち、そばには役人がひとりふたり付き添っているだけだった。わたしは群衆の応答が高々と響き渡るのを耳にした。

「わたしたちには、ひとを死刑にする、権限がありません」群衆がセリフを述べる声音に耳を澄ますと、今居合わせているこの場のすべてがあらかじめ計画されたものだ、と明らかにわかった。こんなことを起こせるとは思いも寄らなかった。ピラトが姿を消すと周囲のひとびとの雰囲気が変化した。露台を見つめ続ける群衆のおしゃべりとざわめきがぱたりと止み、新しい空気が広場へ流れ込んできた。わたしは群衆の中に血への渇きを感じ取った。ひとびとの面持ちに、彼らがあごを引き締めるしかたに、興奮でらんらんと輝く瞳ひとつひとつに、渇きが見えた。顔の中に暗い穴を抱えこんだひとびとともいて、彼らはその穴を残虐な行為と、痛みと、誰かの悲鳴で埋めたがっていた。残虐な行為を欲するのを許された以上、彼らを満足させられるのはそうした行為以外にあり得なかった。彼らはもはや、言いつけられたことをおこなう群衆ではなかった。痛みを訴える悲鳴と、裂けた肉と、砕けた骨からしか得られない、巨大な満足を求める暴徒と化していた。

同じ場所にじっとたたずんで時を過ごすうちに、広場にいるひとびとすべてに血への渇きが感染していくのがわかった。それはちょうど、心臓から押し出された血液が情け容赦なく全身へ行き渡るのにそっくりだった。

ピラトが再び姿を現すと群衆は耳を傾けたが、彼の口から出たことばはさっきと何も変わらなかった。

「わたしはあの男に、何の罪も、見いだせない」と彼が言った。「だが過越祭には誰かひとりを、あなたたちに、釈放するのが、慣例になっている。あのユダヤ人の王を、釈放してほしいか？」

群衆は身構えた。そして答えを返した。「その男ではなく、バラバを！」強盗のバラバが引き出されて縄が解かれると、群衆から承認のどよめきが上がった。そしてどこからか叫び声がひとつ聞こえた。前のほうにいるひとびとには、わたしたちには見えない何かが見えているようだった。広場の中へさらにたくさんのひとびとが殺到してくるにつれて、群衆の中に混乱と苛立ちが広がった。わたしたちは広場の隅に立っていたのだが、だんだんと真ん中近くまで押しやられた。はぐれないように三人で固まって、何もしゃべらず、目立たぬよう小さくなっていた。群衆は皆、露台に注目していた。彼らはもうじき何が起こるかわかっていて、巨大な満足が訪れるのをひたすら待っていたのだ。

ついにそれが到着すると、群衆は息を呑んだ。彼らが漏らす喜びのあえぎには衝撃と、さらなる満足をむさぼろうとする渇きも混じっていた。息を呑んだ群衆はいっせいに、歓声と怒号と野次を飛ばしはじめた。露台の上には血まみれになったうちの息子の顔があった。いばらで編んだ冠を傾げたようにかぶらされた息子は、王様が着るような紫色のゆったりした長衣を着せられて出てきた。その長衣を両肩にはおった様子を見て、後ろ手に縛られているのがわかった。息子のまわりを兵士たちが取り囲んでいた。露台の上で兵士たちが息子をこづきまわすのを見て、群衆は笑いどよめいた。こづきまわされる彼の様子があまりにも弱々しいので、何かあったなと思った。息子は疲れ果てて、ほとんどあきらめているように見えた。口を開こうとしたとたんに騒ぎだした群衆を、ピラトは黙らせた。

「見よ、この男だ！」とピラトが言った。

最前列で——そして人混みの端のほうでも——祭司長たちがひとびとを促して、「十字架につけろ、十字架につけろ」と声を上げさせはじめていた。ピラトはもう一度、静粛を求めた。彼はわたしの息子に近づいていき、体がぐらつかないよう手を貸して、兵士たちに押すなと命じた。ピラトが祭司長に向かって、「あなたたちが引き取って十字架につけるがいい。わたしはこの男に罪を見いだせないから」と叫んだ。すると祭司長のひとりが、「わたしたちには律法があります。律法によればこの男は死罪に当たります。自分のことを神の息子と呼んだからです！」と返した。ピラトは建物の中に戻り、わたしの息子も中へ連れ戻すよう命じた。ピラトが振り返ったときの顔をわたしは確かに見た。群衆に向けた彼のまなざしは恐怖と困惑でいっぱいだった。この時点ではまだ、ピラトは息子の釈放をあきらめていなかったらしいのだが、今にして思えば、期待をかけていたのはわたしひとりだった。他のひとたちは皆、未来のために何かが完成しつつあるのを知っており、その何かは人を殺さなければ仕上がらないと気づいてもいた。だからピラトと息子が今一度露台に現れ、ピラトが「見よ、あなたたちの王だ！」と叫んだとき、そのことばは群衆を激怒させただけだった。ひとびとが声をそろえて、「殺せ、殺せ、十字架につけろ」と叫ぶ声が轟いた。これが実行に移されれば、このうえない喜びと楽しみ、達成と満足が約束されているかのようだった。ピラトが再び口を開き、「あなたたちの王をわたしが十字架につけるのか？」と大声を上げたのは、犬に木ぎれを投げたのと同じだった。「わたしたちには皇帝の他に王はありません」という群衆の答えは、まるでゲームの駆け引きみたいに響いた。こうして息子はピラトの手で群衆に引き渡された。群衆は皆、気持ちを固めていた。声さえ掛かれば、誰もが喜んで受難の準備を整えるのに手を貸しただろう。わたしたち三人は群衆の中を手こずりながら脇のほうまでじりじり進み、知り合い同士が大声であいさつを交わしている男たちの集団よりも一歩前へ出た。ひとびとの血は毒で満たされているように思えた。だがその毒は正体を隠し、向こうに見える丘をめざして恐ろしい行進を準備するひとびとの行動力と活力、歓声と大笑い、それから指示を告げるときの怒鳴り声に化けていた。

人混みをかき分けて一番前まで出たわたしたちは、離ればなれにならないよう気を配ったけれど、端から見れば周囲の群衆と区別がつかなかっただろう。ひとびとは皆、今行われつつある輝かしい務めを見て興奮し、残虐さへの飢えを募らせて、王を自称するような者は、皆が見ている中で痛ましい死を与えられる前にあざけられ、行進させられて、屈辱にまみれなければならない、と考えているに違いなかった。わたしはずっと、片方の履物が足に擦れて痛かったのだが、履物だってこんな騒ぎや暑さには耐えられないのだと夢想して、目の前の一大事からときおり気をそらした。

十字架を見たときには息を呑んだ。準備がすっかり整って息子の到着を待っていた。十字架は背負わせるには重すぎるので、群衆が見ている中を息子にひきずらせることになった。わたしは、息子が何べんもいばらの冠を外そうとしているのに気がついたが、何度やってもうまくいかず、とげが額に深く食い込んでとれなくなるばかりだった。刺さるとげの痛みを取り除こうとして、息子が両手を頭へ持っていこうとするたび、後ろからついてくる男たちがいらだって棍棒や鞭で背中を押した。すると息子はひとしきり痛みを忘れたかのように、一心に十字架を引きずった。わたしたちは急いで彼の前へまわった。わたしはまだ、息子の弟子たちが何か計画を実行する機を狙っているのではないか、あるいはまた、わたしたちのように群衆に紛れ込んでいるのではないか、と考えていた。でもそんなことは尋ねたくなかったし、尋ねられるはずもなかった。口や表情に出したことが見とがめられて、捕まって石を投げられ、連行されては元も子もないと思ったからだ。

そうこうするうちに息子と目が合った。前へ前へと歩きながらふと後ろを振り向くと、息子が額と頭の後ろに食い込んだいばらの冠を外そうとして、またもや四苦八苦していた。ところがどうしてもうまくいかなくて、頭をぐっと上げたとき、彼のまなざしがわたしの目をとらえたのだ。すべての不安と衝撃が合わさってわたしの胸に突き刺さった。わたしは大声を上げて息子に走り寄ろうとした――が、ふたりの連れに止められた。マリアがわたしに、今は黙って、感情を抑えてとささやいた。さもないと見つかって連行される、と。

わたしの目には、自分のお腹を痛めて生んだ息子が生まれたときよりも無力に見えた。生まれたばかりの頃だっこして見つめながら、わたしが死ぬときにはこの子が見守ってくれて、わたしの亡骸《なきがら》の面倒も見てくれるんだな、などと思いめぐらしたものだった。あの頃もし、息子がやがて血まみれの姿になり、群衆が彼を血でさらに汚そうと渇望するところを予想できたならば、わたしはお腹の真ん中から泣き声を絞り出して、泣きに泣いたに違いない。あの十字架の日と同じように。あの日以来、わたしに残されているのは肉と血と骨だけなのだ。

マリアと案内人から、息子に話しかけようとしてはだめ、二度と泣いてはいけない、と口をそろえて言われ続けながら、わたしは丘にたどり着いた。群衆に溶け込むのは易しかった。誰もがおしゃべりし、声を上げて笑っていた。馬やロバを引き連れているひとがいて、飲み食いをしているひともいた。兵士たちはわたしたちが知らないことばで語り合い、赤毛や、乱杭歯や、野卑な顔つきのひとも混じっていた。その光景は市場を思い起こさせたけれど、今まさにはじまろうとする出し物のせいでものを売り買いするひとびとが皆活気を帯びていて、丘の一帯は市場よりも熱気を帯びていた。ここまで来てもわたしは、案外こっそり逃げ出せるのではないかという考えがまだ頭から去らなかった。息子の信奉者たちは秘策を持っていて、この雑踏に乗じて彼を逃がし、エルサレムからまんまと脱出させるつもりではないかと考えていたのだ。ところがわたしの目に、丘のてっぺんで穴を掘りはじめる男たちの姿が入った。個々に集まっているひとびとは多種多様な烏合の衆のように見えて、じつはひとつの目的だけのために集まっているのだ、といやでも気づかされた。

わたしたちはそこで待った。一時間か、あるいはそれ以上待ったあと、行列がようやく到着した。周囲を眺めているうちに、はっきりした理由を持ち、誰かに雇われてここへ来たひとたちと、ただ単に見物人としてやってきているひとたちの区別がつくようになった。奇妙なことに、息子の体を十字架に釘で打ちつけ、縄を掛けてその十字架をひきずり、地面に掘った穴のほうへ引っぱっていくとき、群衆は作業員たちの動きにほとんど無関心だった。

釘を打つときには、わたしたちは後ろへ下がっていた。使われた大釘はわたしの腕よりも長く見えた。五、六人の男たちが息子を押さえて、無理に伸ばした片腕を十字架の腕木に載せ、手と手首のつなぎ目あたりに最初の大釘を打ち込んだ。息子が痛みのあまり吠えるような声を上げ、抵抗して身をよじらせると、鮮血が噴き出した。金槌は大釘の頭を容赦なく叩きはじめ、身もだえしてわめき声を上げる息子を尻目に長い釘を腕木に埋め、十字架の上で息子の手と腕を打ち砕いた。その次に息子は、もう片方の腕が伸ばされようとするのに必死で抵抗した。ひとりの男に肩を押さえられ、もうひとりに二の腕をつかまれても、息子はひじから下を自分の胸に押しつけてがんばったので、男たちは助っ人を呼ばなければならなかった。三人の男に押しひしがれた息子の手首に二本目の大釘が打ち込まれ、両腕が一文字に釘打たれた。

苦痛のために叫び声を上げている息子の顔をわたしは見た。苦悶のせいで歪みに歪み、一面鮮血で覆われたその顔は、どうしても息子の顔には見えなかった。だが声だけは聞き違えるはずもない。叫び声は確かに息子の声だった。突っ立ったまま周囲を眺めると、他にもいろいろなことが起きつつあった。馬に蹄鉄がつけられ、飼い葉が与えられていた。遊戯の腕比べをしているひとたちがいた。ののしりや冗句が飛び交い、煮炊きをするためにあちこちで火が焚かれ、丘一帯に煙が上がってたゆたっていた。今となっては自分があのときなぜ、じっと動かずに息子を見つめていたのかがわからない。走り寄れば良かったのだ。いやせめて、声を掛けることだってできたのに！　わたしは何もしなかった。恐怖に囚われたまま目だけ動かし、動きもせず、音を立てもしなかった。だがどんな行動を起こしたところで、彼らが決めたことは動かせなかった。きっちり計画が立てられ、素早く運んだ段取りを崩すことなどとうていできなかったに違いない。だが、もしそうなら、わたしたちはなぜあの場所に留まってじっと目をこらし続けたのだろう？　危険からわが身を遠ざけることもできたはずなのに？　真実を言えば、他にどうしようもなかったからだ。わたしが泣き叫んだり、息子のところへ飛んでいったりしなかったのは、そんなことをしても何も変わらないと身にしみていたからだ。突風に煽られた何かみたいになるのが落ちだっただろう。今にしてもうひとつ奇妙に思えるのは、わたしが自分自身の感情をきちんと抑え、ものごとを秤に掛け、じっと見つめるだけで何もしないのが一番正しい対処法だと判断し、それを行動に移せたこと。マリアとわたしはお互いを支え合いながら群衆の後ろのほうへ移動した。わたしたちにはちゃんとそれができたのだ。息子がよく聞き取れないことばを叫んでいる声に耳を痛めながら、わたしたちは後ずさりした。もしかしたら本当は、どんな結果を招こうとも、あのとき息子のほうへ行くべきだったかもしれない。そんなことをしたところで息子を助けられはしなかったのだが、そうしてさえいれば、少なくとも今のように、とめどなく悩み続けることはなかったはずだ。わたしの頭の中では、あのとき黙って見ていたなんてどうかしていた、走り寄って息子から男たちを引き剝がして、言うべきことを叫んでやるべきだったのに、という考えが堂々巡りをし続けている。してしまったことを今さら変えることなどできやしないのに！

わたしは勇気を出して案内人に、息子が死ぬまでどれくらい時間が掛かるのか尋ねた。返ってきたのは、大釘の打ち方と流れた血の分量と、それから日射しの強さから見て、決着は早めにつくだろうという答えだった。とはいえ、男たちがやってきて息子の両脚の骨を折らなければ丸一日は掛かるだろう、と。処刑には現場責任者がいて、罪人が死ぬまでの時間を縮めたり引き延ばしたりできるのだとも聞かされた。その責任者は、種蒔きや収穫の季節を見極め、果実の収穫時期を計り、赤ん坊が生まれる時期を知る者たちと似たような専門家なのだそうだ。彼の手に掛かれば、血を一滴も垂らさぬようにしたり、十字架の向きを変えて直射日光を避けたりすることもできるのだという。あるいは、槍で体を突き通せば日没前の数時間で死なせられる、とも。この手を使えば、息子は安息日が来る前に息を引き取ることになるが、そのためにはローマ人、つまりピラトそのひとによる許可が必要なのだそうだ。ピラトがたまたま席を外している場合には、誰か他のローマ人の許可を得ればよい、と。わたしはまだあきらめきれずに、息子を助ける時間はないの、救い出せたら生きられるのではないの、と尋ねたい気持ちが起こりかけたが、本当はもう遅すぎるとわかっていた。息子の両手と両手首のつなぎ目に、大釘がすでに打ち込まれていたのだから。

わたしは他の十字架が立てられるのを見た。男たちが縄でしばって立てようとするのだが、材木が重すぎるのか、作りが悪いせいなのか、立てようとするたびに滑って、地面に倒れてしまうのだった。

わたしは空をゆく雲を見つめ、石に目をやり、目の前に立つ見知らぬ男を見た。すぐ近くから聞こえてくるうめき声から、少しでも気をそらしてくれるものがほしかったのだ。何でもいいから何かにすがって、本当はこんなことは起きていない、あるいはこれは、過去に誰か他のひとに起きたことだ、さもなくばこれは、わたしが死んだあとに起こるできごとなのだ、と思いたかった。そうやって周囲に目を配っていたせいで、丘の上の隅に男たちの集団――ローマ人と長老たちが混じっていた――が立っていて、馬を連れているのが目についた。彼らが円陣を組み、処刑のなりゆきを見張っている様子を眺めながら、どうやらこの集団が全体を監督しているのだとわかった。この場所で起きているその他のできごとは、安息日前日ならどこでも見られる光景だったのに、この集団だけは偉そうな身振りをして、揃いも揃って頑固そうで、よく太っていて、しかつめらしかったからだ。わたしは不意に、この集団の中にいとこのマルクスがいるのを見つけた。彼の目はこちらを見つめていた。周囲に引き留める隙を与えずに、わたしは彼のもとへ走った。自分がどれほど愚かに見え、どれほどみじめで、憐れで、けたたましいかは承知していた。両手を広げ、顔を涙でぐしゃぐしゃにして、しどろもどろなことを口走ったのだ。無関心だったりかすかな怒りを浮かべたりしている仲間たちの表情が、まるで鏡に映ったみたいにマルクスの顔にも浮かんでいた。だがその表情は、向こうへ行け、と彼がわたしに告げた瞬間、残忍な獣の顔に変貌した。もちろんわたしは、彼を名指ししたわけではない。彼がわたしのいとこだなどと口走ったりはしなかった。マルクスの顔にさっと恐怖が浮かび、すぐに消え、頑なな表情に変化したので、わたしはそそくさと、あえて近寄ろうとする者のいない男たちの集団から離れたのだ。マルクスは仲間のひとりに向かってうなずいた。そいつはのちに、十字架につけられた三人の死体のそばでサイコロ遊びをした男だ。その男はわたしが誰だかわかっているらしく、息子が死んで群衆が散り散りになったら、わたしを捕まえるよう指示を受けているに違いなかった。あとでわかったのだが、あの集団の男たちは、わたしたちが最後まで丘に残って息子の死体を受け取り、埋葬すると信じていたようだ。ローマ人はわたしたちのしきたりをちゃんと学び取っていたのだ――遺体を放置し、雨ざらしにするようなことは決してせず、どんな危険があろうと最後まで居残って埋葬する、と。

あの日わたしとマリアの案内人をつとめ、この家に今でもやってくる男と、もうひとりの、いっそう虫が好かない男は、ふたりしてわたしから話を引き出そうとする。彼らは、わたしが磔《はりつけ》を見た数時間の印象をなるべく簡潔に表現するよう求め、どんなことばを聞いたのか話すよう要求する。そしてわたしが、あのときの気持ちを「悲しみ」や「嘆き」という一語で表せるとわかると、とたんにわたしの悲嘆について知りたがる。ひとりのほうはあのときそばにいたので、わたしと同じことを見聞きしているのだが、空がにわかに曇ったあとで晴れたとか、むせび泣いたり、大泣きしたり、鼻を鳴らしたりする声を別の声が怒鳴って黙らせたとか、やがて十字架につけられた人影が静かになったとか、見聞したままの内容を整理せずに書き留めるのは好まなかった。あの日は風がなかったから、ほうぼうで焚かれている火から立ちのぼる煙がしだいに濃くなって、皆の目がしょぼしょぼした、などと書くのはもっての他だった。ふたりとも、息子の十字架の他にふたつ立てられた十字架の片方がなんべんも倒れかかるので、そのたびに支え直さなければならなかったという話は聞きたがらなかったし、小さすぎる鳥かごに閉じ込められて怒り狂った猛禽に、餌としてウサギを与えていた男のことも知りたがらなかった。

あの日、数時間のあいだに起きたたくさんのことがらは、まるで数秒間に起きたかのようだ。最初は自分にも何かできそうに思えたのだが、やがて無力感に負けた。わたしは現実から逃げ出し、冷淡な思いに身をまかせて、これはぜんぶ嘘だ、自分が十字架につけられているわけではないし、本当は磔《はりつけ》など起きていやしないのだと考えるようにした。次に、赤ん坊だった息子を思い、彼がお腹にいた頃まで遡り、わたしの心臓から息子の心臓が別れて育つところを思い浮かべた。助けを求めて駆けだして、あえて捕まるか、相手を質問攻めにすることも考えた。息子が早く死ねるように指示を出している男がいないか目を凝らしもした。そうしてついに、マルクスがわたしに、安全に過ごせる家の住所までくれて、エルサレムへ行くよう勧めたのは、磔が終わったあと、わたしを捕まえやすくするためだったのだと悟った。

最期が目前に迫ってくると大勢が丘を下り、群衆は目に見えて少なくなった。ぐずぐず考えたり思い悩んだりする時間はもうないし、周囲を眺めたり、現実から逃避させてくれるものを探す余裕もなかった。この時間になると手足に大釘を刺され、日光に曝され続けた息子の苦しみはいっそう熾烈になったようで、激しい悲鳴やあえぎがわたしの耳を苦しめた。わたしたちは待った。最期は本当にすぐそこだった。わたしたちがここにいるのを、息子はわかっているかしらと思いながら、顔と体を見比べていた。そのとき息子が両眼を見開き、何か言おうとした。だがやっとのことで絞り出されたいくつかのことばは、わたしたちの誰にも聞き取れなかった。ことばを発したのは、息子がわたしたちに、自分が生きているのを知らせようとする手段だったのだ。彼の体の痛みと、さらし者にされ、辱められた苦痛はわが身のことのようにわかっていたから、早く終わればいいと願い続けていたのに、この期に及んで奇妙にも、終わらないでくださいと願っている自分自身に気がついた。

本当の最期が目の前に来たとき、わたしたちの案内人であり、息子の弟子であり、今もこの家へやってきてわたしの勘定書きを支払い、わたしの身の回りの整理もしている男が、息子の死を見届けたら間髪を容れずにこの場所を離れなければなりません、とわたしに告げた。死体を浄めて埋葬するのは他の者たちに任せましょう、と。さらに男は、丘の裏側に細道があるので、そこをめがけて三人ばらばらにここを抜けだせば、じゅうぶん逃げおおせますと言った。ただし、わたしたちを尾行してくる者やあとから探しに来る者がいるはずなので、月明かりと星明かりを頼りに夜道を歩いて逃げ、道中の毎日、昼間はどこかに隠れなければなりませんとつけくわえた。そう話す男を見つめたとき、わたしの目は、今に至るまで変わらない彼の顔をとらえていた。それは悲しみも嘆きも感じることなく、やきもきもせず、どこか冷淡で、人生をやりとげるべき仕事のように受け止め、この世で生きる時間には計画と管理が必要で、将来へ向けて細心の配慮がなくてはならない、と考える男の顔だった。

わたしは彼に、「息子はまだ死んでいないでしょう」と言った。「まだ生きているんです。彼が死ぬまでわたしはここを動きません」

隅のほうに立っている男たちの集団に一瞬目をやると、マルクスは姿を消し、わたしに目をつけていた男もいなくなっていた。驚いたわたしはちょっとだけ振り向いて、ふたりがこの場を去ったのか、別の集団に混じったのかを確かめようとした。案の定、ふたりともまだいた。ことあろうに、カナの婚礼のときに見かけた絞首人と一緒にいて、群衆に混じっているわたしとマリアと案内人を指さしていた。絞首人はこちらをじっと見つめて、わたしたち三人の見分けがつくと静かにうなずいた。のちのち何年間も、わたしが自分に言い聞かせることになるのは、この決断はマリアのためだったという弁解だ。マリアをこの丘まで連れてきたのはわたしなのだから、彼女が絞め殺されでもしたら大変なことになる、という独り言。あの男は痕を残さず、音も立てずに、ひとを絞め殺すことができるというマルクスのことばがわたしの心に突き刺さっていたせいだ、というつぶやき。だが白状すると、わたしが案内人のところへ走っていき、すぐに逃げようと提案した理由は、男の指がマリアの首筋に食い込み、彼女が抵抗してもがき苦しむのを想像して、マリアが音もなく絞め殺されたらどうしようと思ったからではない。まずばらばらに逃げ出し、あとで落ち合い、夜を徹して逃げて安全なところまで行こうと決断した理由は、わたし自身の安全のためだった。数時間前よりもずっと大きな危険が迫っているのをひしひしと感じて、突然恐ろしくなったのだ。

わたしは今、ようやくそれを認めることができる。本当の理由をしゃべってよい、と自分に許可を下す。長年にわたってわたしは、あの日、あの丘の上で長い時間を過ごし、自分自身を苦しめた経験を繰り返し思い起こして、自分を慰めてきた。だが一度は真実を言わなくてはならない。ことばを口に出さずにはすまされない。極度におびえ、死にものぐるいになっていたせいで叫び声を上げたし、わたしの心臓と肉を分けて息子の心臓と肉ができたことは重々承知していたから痛みだって感じた。その痛みは今日まで片時も消えたことはなく、墓の中までついてくるに違いないと思っている。それらすべてがあってなお、痛みはあくまで息子のもので、わたしのものではなかった。そして、捕らわれて絞め殺される危険が持ち上がったとき、わたしはとっさに逃げようと思い、その気持ちは最後まで揺るがなかった。十字架の上で息子が衰弱していくのを見守っていた間じゅう、わたしは無力だったけれど、両手を組んで振り絞りながら息子を見つめ、悲しみに悲しみを重ね、恐怖の中へ沈み込んでいった。そのあげくにわたしは、案内人のことばを聞き入れ、死が訪れたときに息子の死体を浄め、埋葬する仕事を他人に任せたのだ。やむを得ないとあらば、息子にはひとりで死んでもらおうと思った。そして実際、そうしたのがわたしである。わたしが送った合図でまずマリアが逃げ出し、わたしたちは目の端で彼女の後ろ姿を追った。わたしは二度と、十字架につけられた人影に目を向けなかった。その姿はもうじゅうぶん、目に焼きついているはずだった。できるうちに自分の命を守ろうとしたことが間違っていたとは思わない。それなのにわたしは、今に至るまで一度たりとも、自分の決断が正しかったと納得することができない。わたしは自分の命を救いたくて逃げた。他に理由はなかった。案内人が逃げていくのを横目で見ながら、見ていないふりをした。わたしは十字架の足元に腰掛けようとするかのように近づいていき、両手を組んで振り絞りながら息子が息を引き取るのを待った。それからわたしは十字架の後ろへ回り込んだ。何かを、あるいは誰かを探しているかのような、さもなければ、人目につかないところで用を足そうとするかのようなふりを装ったのだ。それから案内人とマリアを追いかけて丘の反対側の斜面を下り、遠くまでとぼとぼ歩いて逃げた。

丘の上に留まっていたらどうだっただろう。わたしは何度も夢に見た。ぼろぼろで血まみれになった息子を腕に抱く夢を見た。浄めたあと息子を抱いている夢も見た。つかの間奪い返した息子の肌に手を触れる夢。苦しみをくぐり抜けたせいでやせ衰えはしたものの、美しさを取り戻した顔をなでている夢。わたしは、大釘が抜かれた手と足に触れた。いばらの冠を外し、髪の毛から血を洗い落とした。息子のもとに残ったのはわたしとマリアと案内人。その他に、逮捕される危険を冒してまで息子の考えを信奉すると宣言し、彼の最期を見届けるためにやってきたひとびともいた。居残っていたのはそれだけだった。身の毛もよだつ仕打ちがおこなわれ、丘の上でひとりの男が手足を広げて殺されるにいたった。その姿を世の中が知り、見て、記憶する段取りは終わったので、男を死に至らしめたひとびとに居残る理由はなかった。彼らはすでにどこかで飲み食いでもしていたか、給料をもらうために列でもつくっていただろう。少し前までは煙と怒号でざわつき、残虐な行為と無情な表情で溢れていた丘の上は、すすり泣きが聞こえる静かな場所になった。わたしたちが抱きかかえた息子の体はずっしり重たいのに、重さがないようにも感じられた。血液がぜんぶ流れ出た体は青ざめた深みのある白に変色して、大理石か象牙でできているように見えた。死体はしだいに硬直して、生命はかけらも残っていなかったけれど、息子が最後の数時間に分け与えてくれたもの――彼の苦しみからわたしたちが受け取った記憶、あるいは肉体を脱いだ彼という存在――が周囲の大気を甘く香らせて、わたしたちを慰めてくれていた。

今語ったような夢をわたしは見続けてきた。ときには白昼の意識の中へ夢が入ってくるのを許して、一緒に暮らした。例の特別な椅子に腰掛けて、息子を抱きかかえる感触にひたるとき、息子の体からはすべての痛みが洗い落とされ、わたしの苦痛も――それは元来息子の痛みの一部で、わたしが分け持っていたのだったが――きれいに洗い落とされているのを感じた。じつはこうしたことを想像するのはたやすい。想像を絶するのはむしろ、現実に起きたできごとのほうだ。今、墓へ入る前の数ヶ月間に、わたしは現実に起きたできごととしっかり向き合っておかなくてはならない。さもないとすべてが甘ったるい物語に変わってしまう。木の枝の低いところにぶら下がっている果実はきれいでも、やがて毒の実になるのと同じだ。真実を自分自身に聞かせるにはなぜ夜がふさわしいのか、わたしにはわからない。この世を去る前に少なくとも一度、なぜ真実を口に出さなくてはいけないのか、わたしにはわからない。たぶんこの世は静かな場所で、とりわけ鳥たちが去った夜空はしんと静まりかえるからではないか？　どんなことばを口に出しても、夜空は少しも変化しない。明るくなりもしなければ、とりとめのなさが減りもしない。だがそれを言うなら、昼の世界にも昼間なりの無関心があって、人間のことばは無視されるだけだ。

わたしが真実を語るのは、真実が夜を昼に変えるよう期待するからではない。真実の力によって、昼がその美しさを永遠に保ち、老い先短いわたしたちにくれる慰めを永遠に保つようしむけるのが目的ではない。わたしが語るのは、わたしにそれができるから。理由はそれだけだ。すでに起きたたくさんのできごとを語れる機会は、今だけかもしれないと思っているから。わたしはじきにまた夢を見る。あの日、丘の上でずっと待ったあと、腕の中に裸の息子を抱き留める夢だ。その夢想は今ではとても身近で、とても真に迫っているので、近い将来、わたしの周りの空気を満たし、時をずんずん遡って、現実に起きたできごととすり替わってしまうだろう。近い将来、現実に起きたに違いないことが、起きたことそのもの、起きたのをわたしが知っているできごと、起きたのをわたしの目が見たできごととすり替わってしまうだろう。

本当に起きたことを今から語っておく。マリアと案内人に両側から支えられて走るうちに、案内人は何も計画していなかったのが明らかになった。あの男は、どこへ向かって走ればいいのか、わたしたちふたりと同じくらいわかっていなかったのだ。今さらエルサレムへは引き返せなかった。案内人はお金こそ小額持っていたものの、わたしたちには食料がなかった。わたしはふと、彼がわたしたちを逃がしたのは自分が助かりたいためではないか、わたしを助けたいという大義名分は二の次なのではないか、少なくともあの時点では二の次だっただろう、と思った。今、この家へやってくる男たちの働きぶりを見ていると、話をつなぎ、ものごとに意味を読み込んで模様織りをこしらえるように、とても手際よく作業をこなしていく。わたしはその作業を助けてきたし、これからも手を貸してやるつもりだ。しかし今思えば、あの逃避行はじつに行き当たりばったりで先が見えなかった。道中では思い出したくないこともいろいろ起きた。破れかぶれだったせいでひどいこともやった。衣服が必要になると衣服を盗み、履物が必要なときには履物を盗んだ。お金だけは盗まなかったし、人殺しもしなかった。確かに人殺しはしなかったと信じている。だがわたしの目がすべてに行き届いていたかと問われれば、うなずける自信はない。わたしたちはできるかぎり素早く移動したので、食料を切らしてしまうことがあった。尾行に気がついたり、誰かに見られたのに気づいたりもした。言い訳が必要なときには、マリアがわたしの娘で、案内人がその夫で、わたしたちが荷物を持たず、ロバも連れずに旅しているのは、わたしの息子がわたしたちの荷物をぜんぶ運んで、旅商人の集団と一緒に先に行っているからだと説明した。その程度の嘘なら罪はないだろうし、わたしたちが道中、自分たちを守るためにした行ないにやましいことはないと信じているけれど、絶対にとまで言い切る自信はない。

理解しがたいのは、わたしたちの夢が重要な意味を持つということ。丘の上の事件現場から逃げ出したあと、少なくとも最初の数日間は、昼間よりも夜のほうが遠くまで進めたのをよく覚えている。その一方で、逃亡中に見た夢が当時よりもいっそう鮮明に、今、心によみがえる。道中ひどいことをいろいろやったのに、心に傷が残っていないのは奇妙である。わたしたちは野中の一軒家に襲撃をかけた。無防備の、罪もないひとの家へ突然押しかけて食物や衣服や履物を奪い、結局しばらくあとで逃がしてやりはしたものの、三匹のロバまで奪ったのだ。案内人はその家の主人と妻と子どもたちを縛り上げ、追いかけてこられないよう脅しをかけた。わたしは一部始終をこの目で見た。わたしは盗んだ履物を履き、盗んだ衣服を着て、盗んだロバの力を借りて、それまでよりも遠くへ逃げた。ぜんぶ本当に起きたことである。

だがそれらとともに、わたしたちは夢も見た。マリアとわたしは同じ夢を見た。ふたりの人間が同じ夢を見ることがあるなんて、それまで知らなかった。夫が健在だった時分、夫とわたしはいつも隣り合って眠り、夜通し触れ合って眠ったこともしばしばあったけれど、同じ夢を見たことは一度もない。痛みがそうであるように、夢はひとりひとり見るのが当たり前だった。破れかぶれになって逃げていたあの日々、空腹を抱え、息を切らし、恐怖にさいなまれる中で、マリアとわたしは案内人のあまりの無計画さにうんざりしていた。彼は運まかせでわたしたちを、海のほうへ連れていこうとしているだけだったので、舟か隠れ家でも見つからない限り、捕まるのは時間の問題だと思った。だがそんなときにも、マリアとわたしは仲が良かった。わたしたちは支え合って歩き、ぬくもりと安全を求めてお互いの腕の中で眠った。もし捕まれば、石打ちか縛り首のどちらかで殺され、死体は腐るまま放置されるに決まっていた。わたしたちふたりは案内人にほとんど話しかけなかったし、彼に対する軽蔑を隠しもしなかった。八方ふさがりになったあげく逮捕されるのはとても恐かったし、問題を解決できない男のせいで荒れ地に誘い込まれたことへの怒りも強かった。食べ物はないし、くたくたに疲れきってもいたので、案内人のうわべを飾っていた尊大な空気はもはや見る影もなかった。

マリアとわたしはふたりして、うちの息子が生き返る夢を見た。ふたりとも眠っているときに同じ夢を見たのだ。木と石で囲った井戸があった。地中深く掘られているおかげで他の井戸よりもおいしく、冷たくて、澄んだ水が汲めるので、皆が重宝している井戸だった。その井戸の脇にマリアとわたしだけがいた。朝だった。日が昇ったばかりだったから他のひとたちはまだ来ていなかった。わたしたちは井戸の石にもたれて眠っていた。目の前に小道がないのが不思議だった。遠く離れたところにオリーブの木立があったけれど、近くには誰もいなかった。鳥は鳴かず、山羊も鳴かず、何の音も聞こえなかった。明け方の光の中で、ふたりとも服を着たまますやすや眠っていた。案内人が近くにいる気配はなく、日中感じる恐怖や緊張感はどこかへ消え去っていた。わたしたちは突然、地中からゴボゴボと聞こえてくる水音で目を覚ました。水を汲みにきた目には見えないひとのために、井戸の水位がひとりでに上がって井戸縁から溢れたかのようだった。服がびしょ濡れになったのを今でも覚えているので、井戸の縁から水が溢れた拍子にわたしが目を覚ましたのは確かだ。わたしは立ち上がらなかった。立ち上がる代わりに片手を水に浸して、本物かどうか確かめた。水は本物だった。マリアは水を避けるために立ち上がった。そして何かを見て、息を呑んだ。わたしは彼女の顔を見たが、最初、彼女が何を見たのかはわからなかった。井戸から噴き出している水がみるみる小さな流れになって木立のあたりまで届きそうな勢いだったので、そちらに気を取られていたからだ。

振り向くと息子の姿があった。わたしたちのもとへ戻ってきてくれたのだ。息子は水とともにやってきた。地中から噴き出す水の力が彼を押し上げた。彼は裸だった。両手、両足首、両脚の骨を折られたところ、いばらのとげが刺さった額など、傷の周囲が青あざになって、傷口が大きく口を開けていた。体の他のところは真っ白だった。水とともに井戸から噴き出した息子をマリアが受け止め、わたしの膝に載せた。わたしたちは息子に触った。ふたりとも白さに打たれた。ことばを超える白さだった。わたしたちはその、清らかさとつやと輝き出すような美しさに打たれた。

わたしたちが夢から目覚める前に息子が目を開き、両手を動かし、腕まで動かしながらうめき声を上げる瞬間が何度かあった。だが動きも音も穏やかなものだった。彼は痛みも記憶もなさそうに見えた。傷跡だけは体に刻まれていた。わたしたちはあえて話しかけずに、彼の体をじっと支えていた。息子は生きているように思われた。

やがて息子は動かなくなった。死んだのかもしれない。あるいはわたしが目覚めたのかもしれない。あるいはマリアとふたりして目覚めたのかもしれなかった。それで終わりだった。わたしたちは黙っていられなかった。案内人はわたしたちの話をひとことも余さず聞いた。聞き終わると彼の様子が変わった。男はふいに微笑んで、こういうことが起こるのはわかっていたのだとつぶやいた。預言されたとおりなのだから、と。彼はわたしたちに、夢の話を何べんも事細かに話させた。そうしてその話を自分の記憶にすっかり納めてしまうと、わたしたちはもう安全だと言った。そして、もうじき別のことが起きて、行くべきところならどこへでも行けるようになるとつけくわえた。三人の間に軽やかな気分がめばえた。空腹と、おそらくは恐怖による軽さだった。何はともあれその気分はわたしたちに解放感をもたらした。

わたしもマリアも、自分たちが場当たり的に先へ進んでいるのは承知していた。わたしはときどき、皆の安全を確保するためにはマリアがわたしたちと別れて、自分の家へ帰ってくれたほうがいいのではないかと考えた。やがてふたりで暮らせる住居が見つかったとき、このことについてもっと静かに話し合う時間が持てた。わたしはもう元の家へは帰れないだろうし、わたしのことを知っているひとがいるところへは二度と顔を出せないだろう。そうふたりとも了解していた。でもマリアが帰宅するのは問題ないし、わたしは、彼女が帰りたがっているのを知っていた。しばらくして食料と休息がもたらされ、案内人の顔に輝きが宿ると、変化のない日々は終わりを告げた。それまで全然知らなかったひとりかふたりの人物が、次には、案内人が息子の弟子だったことを知る他のひとびとが、あいついで協力を申し出たおかげで、案内人の顔が輝いたのだ。協力者たちを通じて、案内人は助けを呼ぶことができた。そうして彼は、もうじき安全なところへ行けると言った。舟がやってきて、わたしたちをエフェソへ連れて行ってくれるのだが、そこまで行けばずっと安全に暮らせる住居が待っている、と。彼はその朗報を伝えて、わたしたちを元気づけたつもりでいたかもしれないけれど、わたしたちがしでかした恥ずべき行ないからくる悲しみは、少しも鎮まらなかった。息子の埋葬を他人の手にゆだねた結果、彼は結局埋葬されなかったかもしれないのだから。わたしたちが落ち延びた土地は、目を覚まし、ぬかりなく気を配って暮らす時間よりも、夢を見ている時間のほうがしっかりした手応えのある場所だった。しばらくの間はそれで満足して、マリアとわたしは夢のおくるみにくるまれたまま、ぬくぬく生きていきたいと願った。だがほどなく夢のおくるみは破れ、マリアに里心がついて、彼女はわたしとふたりで暮らすのが嫌になった。いつかそうなると思っていたとおりになった。ある朝目覚めたとき、隣の寝台に彼女はいなかった。本人の希望に従って案内人が帰宅を段取りしたのだ。いちいちさよならを言い交わせるような状況ではなかったから、無言のまま立ち去っても不自然ではない。わたしは傷ついたりしなかった。ただ、これからは案内人とふたりきりで暮らさなければならないので、彼をどう扱えばよいか考えておく必要があった。夢とうつつをきちんと区別するよう心がける必要もあった。その日以降わたしは、夢には夜の時間をあてがうことにした。一方、実際に起きること、わたしが見ること、わたしがおこなうことには昼間の時間を割り当てた。わたしは死ぬまで、夢とうつつの区別を意識して生きていきたいと願った。今日までの間、それは成し遂げられたと思っている。

今は昼間なので、この部屋へ射し込んでくるのは光と呼ばれているものだ。この土地へ向かう舟路の道中は嵐もあり、凪もあったけれど、何か災難が起これぱいいという気持ちが胸の内でむくむく頭をもたげてくるのを感じたのは奇妙だった。わたしは舟の上で、自分の心の平安のために災難が起きてほしいと願った。案内人か、彼の協力者の誰かひとりが海へ投げ出され、大声で助けを求めていったん消え、また浮かび上がって、やがて遺体が流されていくのが見えるというような事件が起きればいい、と。それが何かはわからなかったものの、わたしは何かを取り返したかった。何かの実物ではなくその面影、あるいは実物を思い起こさせるゆかりの品でもいいから取り返したかったのだ。男たちの姿を見るたび、わたしは即座にむごたらしい死を連想し、死の現場をすぐにでも目撃する心の準備ができていると思った。人慣れしていると思い込んだ優しい人間が、手に餌をのせて差し出してきたとき、野生の獣なら、どう反応すればいいかを知っている。わたしは、丘の上で目撃したあのできごとをきっかけに野性にめざめ、それ以来ずっと野性は眠らない。わたしという人間は白昼の光の中で見たものによって狂わされた。いったん狂ったものは、どんな暗闇が押し寄せてきても元に戻りはしない。

わたしはめったに外出しない。おまけに慎重で用心深い。日が短く、夜が寒くなる季節にさしかかった今、窓の外を眺めると、驚きのあまり目が釘付けになる。光が濃密さを増しているのだ。この季節の日射しは弱く、金色の陽光を放てる時間も乏しいのを承知しているかのように、前の季節よりも濃密で濁りがなく、小刻みに震える光線を繰り出してくる。その日射しが陰りはじめる時刻になると万物の上に斜めの影が描かれる。おぼろげな光が支配するその頃合いこそ、戸外へこっそり抜け出しても危なくない時間帯である。わたしが濃い大気を味わっていると、天地の色がしだいに色褪せ、大空がその色合いに声を掛けて家路を急がせ、その色を呑み込んで、やがては風景の中で何ひとつ目立つものがなくなっていく。薄暗闇はわたしを喜ばせ、ほとんど目に見えない存在へと変えてくれるので、神殿へ行き、柱のそばにしばらくたたずんで影が深くなっていくのを見つめ、夜への準備に余念がない森羅万象を眺めるのだ。

わたしは猫のような身のこなしで立ち、位置を変え、またたたずむ。たとえ昼間でも朝でも、そう簡単には人目につかない。細身で敏捷な山猫のように油断なくつねに気を配り、ごくわずかでも危険を察知すれば、ただちに走って逃げる準備が整っている。

そんなある日、神殿に少し長居をして広場へ出ると、宵闇が下りはじめていた。夜のとばりが下りてしまう前に急いで帰らなければならないと思った。糸のような月しか出ないその晩は真っ暗闇になるからだ。いつもたどるうねうねした小道は通らず、急な斜面を登る近道を選んで、わたしは家路を急いだ。

人生の最後を迎えるこの土地で残照にぼんやり照らされて、わたしは林立する石の間を歩いていた。見た覚えがない石の群れだった。歯のように薄くて背の高い石板が地面からにょきにょき生えている。急ぎすぎて足が痛くなったため、一枚の石板にもたれて一休みした。草とやぶのあたりで動物が動く気配がしたのでふと振り返ると、奇妙なものが目に入った。思わず逃げようかと思った。石板に、わたしと同じ背丈ほどの人物が二体彫り込んである。白い表面にたたずむそのふたりを、最後の残照が浮き彫りにしていた。ひとりは若くてほとんど裸だった。穏やかで無心な表情をしている。夕明かりを浴びたその若者は、石板から抜け出して、わたしのほうへ歩いてきそうな感じがした。最初は驚いたけれど、今はもう恐くなかった。若者の隣にはひげを生やした年配の男がいる。片手を顔に当てるしぐさは泣いているのだ。この男も喪に服しているのだとわかった。年配の男が悲しんでいる脇で、若者には何かが起きているのだが、本人はそれに気づいていない。死者とはおそらくそういうものなのだろう。死者は全然気がついていない。彼らは現世を懐かしいなどと思わないし、そもそも、現世で何が起きているかを知らないのだ。わたしはたたずんだままふたりの男たちを見つめた。年配のほうは死んだ若者の父親に違いない。生き残った父親は、わたしたち残された者すべての苦悶を引き受けている。若者の足元をよく見ると、小さな子どもがしゃがみ込んで泣いている。膝を引き寄せたしぐさは、年配の男よりも激しい悲しみをあらわにしている。いよいよ弱まってきた光の中で周囲を見回すと、どの石板にも人物像が彫り込まれていて、動物や文字が彫られた石板もあるのがわかった。遠目にはてんでんばらばらに見えたけれど、近くで見ると一箇所にまとめて立てられたのは明らかだった。彫刻にはすべて意味がある。足早にその場を立ち去るとき、これらはみな墓標なのだと気がついた。

　もうじき死がわたしの名前をささやきにやってくる。もうじきわたしを暗闇へ呼び込み、なだめすかして眠らせるだろう。ところが、日々がこれほど残り少なくなっても、この世に対する望みがまだある、とときどき思う。たくさんあるわけではないが確かにある。単純な望み。水をワインに変えることができ、死者を生き返らせることができるならば、時間を押し戻せないものか？　息子が死ぬ前の時間、彼が家を出て行く前の時間、彼が赤ん坊で、彼の父親がまだ生きていて、この世に安らぎがあった頃の時間をもう一度生きなおしたい。幸せに溢れた安息日をもう一度。わたしたちの唇に祈りがあって、風が吹き荒れない安息日。わたしは女たちに混じって、神様に向けた祈願を詠唱した――弱い者、よるべないひとに正義をお与えください。身分が低いひと、貧しい者の立場を守ってください。困っているひとを救ってください。悪人たちの手から彼らを解放してください。わたしがこれらの祈りを神様に捧げたとき、夫と息子がすぐ近くにいてくれたので幸せだった。そしていつものようにわたしが一足先に歩いて帰り、薄暗がりの中で両手を組んで静かに座っていると、ふたりが帰ってくる足音が聞こえた。父親が息子のために戸口の扉を開けてやると、息子のはにかんだ笑顔が見えた。それから三人で静かに腰掛けて過ごし、日が沈むのを待った。夜になればまたおしゃべりが許されるし、一緒に食事をしてもよかった。自分自身を新たにし、家族と神様と世界への愛を深め、大きくする安息日を過ごしたあとは、平穏な夜を過ごすための準備をすることも許されていた。
もうぜんぶ昔の話だ。少年は大人になって家を出て、十字架の上で死んでいく人影になってしまった。息子に起きたできごとが現実にならないよう、時間を押し戻すための夢見る力がほしい。今でなく、あのときでもないところへ行けさえすれば、わたしたちは心安らかに老いていけるだろう。

わたしの世話係——というか見張り役——をしているふたりがもうじき戻ってくる。わたしはいつも見張られている。今朝、こんなふうに暗いうちから目を覚まして、部屋の中に佇んでいたことは、二、三日もしないうちに彼らの耳に入るだろう。誰かが影を見るか、窓越しに覗くか、音を聞くかしているに違いない。わたしはこの家でひとりぼっちというわけではないのだ。ファリーナがお金をもらってわたしを見張り、あのふたりに報告していても不思議はない。あるいはあのふたりが彼女を脅して監視させている可能性もある。もしかすると、わたしが話したこともない近所のひとが見張り役をしているかもしれない。だがそんなことはどうでもいい。
世話係のふたりを相手にして、息子の話を最初からおさらいするたびに、彼らは決まって機嫌が悪くなる。はじめのうちは細かい部分に興奮するのだけれど、気に入らない細部が必ず出てくる。彼らがつけ加えて欲しいと願うことをわたしが拒否する場合もあれば、彼らの語り口にわたしが異論を差し挟むこともあり、単純でないことがらを単純にしようとしすぎる彼らにわたしが抗う場面もある。

彼らはたぶん単純な人間なのだ。わたしはもうじき死んでいく身だが、わたしの死後、彼らはいっそう単純になるだろう。わたしが見たり感じたりしたことは、実際には起こらなかったかのようにみなされるだろう。もしかりに起きたとみなされるにしても、風のない日に大空の高みで一羽の鳥の翼が小さくはためいたのと同じようなこととして、片づけられるに違いない。彼らはわたしに言う。自分たちは実際に起きたことに永遠の生命を与えたいのだ、と。今書き記しつつある文章が世界を変えるのだ、と。

「世界を？」とわたしが尋ねた。「世界全体を？」

「そうです」かつてわたしの案内人だった男が答えた。「世界全体を」

わたしはきっと途方に暮れたような顔をしていたのだろう。

「彼女はわかっていないようだぞ」男が相棒に言った。その通りだった。わたしにはちんぷんかんぷんだった。

「あの方は本当に神の息子だったんですよ」と男が言った。

それから彼は根気強く、わたしが息子を身籠もったとき何が起きたかを説明しはじめた。相棒がときどきうなずいて、話を先へ促した。わたしはほとんど聞いていなかった。他にやるべきことがあったから。何が起きたかなら、わたしのほうがわかっている。赤ちゃんがお腹に入った最初の数ヶ月、わたしが味わった幸福感はどこか不思議で特別だったと今にして思う。一風変わった命を生きているみたいな気がして、しばしば窓辺にたたずんで、外から射してくる光を眺めながら、お腹の中に新しい命がいるのを感じていた。ふたつ目の心臓が鼓動しているのを感じると、それまでに経験したことのない充実感がふつふつ湧き上がった。あとになって、妊婦さんは皆そんなふうに出産と子育てのために心の準備をするのだと知った。体そのものから発して魂へ向かっていくあの感覚はなかなか経験できるものではないと思った。それゆえわたしは、ふたりの男が窓辺の光と神様の恵みについて、真実を知っているかのような口ぶりで語るのを耳にして微笑んだ。そしてそのときだけは、彼らの熱意と自信を好ましく思った。

息子の話の最後の部分のおさらいにさしかかったとき、わたしは椅子から立ち上がり、男たちから遠ざかった。彼らの口から出たことばに暴力をふるわれたような気がしたからだ。

「あの方は世界を罪から救うために亡くなりました」ともうひとりのほうの男が言った。「あの方の死は人類を暗黒と罪から解放しました。あの方の父上が彼をこの世界へ送り込んで、十字架の上で受難するようしむけたんです」

「あの方の父上？」とわたしは尋ねた。「彼の父親って……？」

「あの方の受難はどうしても必要でした」と男がさえぎった。「受難によって人類が救われたのですから」

「救われた？」わたしはそう尋ねてから声を上げた。「誰が救われたっていうの？」

「あの方の前に生きたひとびと、今生きているひとびと、まだ生まれていないひとびと」と男が言った。

「死から救われたっていうの？」わたしが尋ねた。

「救われて永遠の命を得ます」と彼が言った。「世界中のすべてのひとびとが永遠の命を知ることになるんですよ」

「まあ、永遠の命だなんて！」わたしが返した。「世界中のすべてのひとびとだなんて！」

わたしはふたりをじっと見つめた。半ば目を閉じた彼らの顔に、暗い影が差しているように見えた。

「そのためにあんなことが起きたの？」

ふたりはお互いの目を覗き込んだ。わたしははじめて、彼らが抱いている大望がいかに罪深く、その信念がいかに無邪気かがわかった。

「このことは他の誰が知っているの？」

「今に知れ渡ります」どちらか一方が言った。

「あなたたちのことばで？」わたしが尋ねた。

「わたしたちのことばと、あの方の他の弟子たちのことばを通じて」

「つまり」とわたしが尋ねた。「息子について歩いていたひとたちということ？」

「そうです」

「そのひとたちはまだ生きているの？」

「はい」

「彼が死んだとき、そのひとたちはどこかに隠れていたのよね」とわたしが言った。

「息子が死んだとき、みんな隠れていたんだわ」

「あの方が復活したとき、みんなそばにいましたよ」どちらか一方が言った。

「そのひとたちは息子の墓を見たのよね」わたしが言った。「わたしは息子の墓を見たことがないし、息子の死体を浄めもしなかった」

「あなたはあそこにいましたよ」わたしのかつての案内人が言った。「あの方が十字架から下ろされたとき、死体を受け止めたのはあなたでした」

　彼の相棒がうなずいた。

「わたしたちがあの方の死体を香料で覆い、麻布でくるんで、十字架につけられた場所のすぐ近くの墳墓に埋葬したとき、あなたはわたしたちを見つめていた。でもあなたは、わたしたちと一緒にいたわけではなかった。あの方が死の三日後、あの方の父上がいるところまで昇っていく前にわたしたちのところへやってきたとき、あなたは、警護がついた場所にいた」

「彼の父親って」とわたしが言った。

「あの方は神の息子でした」と男が言った。「あの方はあの方の父上によって、この世界を罪から救うためにつかわされました」

「あの方はご自分が死ぬことで、わたしたちに命を与えてくれました」もうひとりの男が言った。「あの方はご自分の死によって世界を罪から救ったんです」

わたしは彼らのほうへ向き直った。彼らにたいする怒りか、悲しみか、恐怖か、わたしの顔にどんな表情が浮かんでいたのかわからないけれど、彼らはびっくりした様子でこちらを見上げた。そしてひとりのほうが、しゃべりはじめたわたしの口をふさごうとして近寄ってきた。わたしはじりじりと後ずさりして、部屋の隅にたたずんだ。わたしはまずささやくように、それからもう少し大きな声で、さらに、彼がわたしの前から逃げ出して隅のほうですくみ上がったところへ、再びささやきかけるように話して聞かせた。ゆっくりと注意深く、わたしの息をぜんぶ込めて、ほんの少しだけ残っているわたしの命をぜんぶ込めて――。

「わたしはあそこに確かにいたわ」とわたしは言った。「すべてが終わるのを見届ける前に逃げ出したけど、あなたたちがもし目撃者を必要としているなら、わたしがそのひとりです。あなたたちが、うちの息子が世界を罪から救ったと言うなら、わたしにも言い分があります。今言っておくわね。あれはただの骨折り損でした。まったくのくたびれもうけだった」

ふたりの男たちはその晩のうちに、旅商人の集団に混じって出発した。島々がある方角へ向かうという話だったけれど、彼らの口ぶりとしぐさからは、わたしとの間にいっそうの距離を置きたい気持ちが読み取れた。恐怖に近い、いや、それを言うなら純粋な怒りと嫌悪に近い感情を、彼らは抱いていたのだ。とはいえ彼らは、お金と食料と生活必需品をわたしに残していってくれた。引き続き保護されているような気分も残されていた。あのふたりにことばで返礼することはたやすい。まず彼らはばかではない。彼らの計画性、その計画の緻密さ、さらに、日々のひたむきさには感じ入ってしまう。あのふたりは、夫の死後、息子をわが家に訪ねてきては夜を徹して愚にもつかないことをしゃべり続けていた連中――ひげを剃らない無骨者や、神経をぴりぴり尖らせた男や、女たちを真っ直ぐに見られない男たちなど――とは全然違っていた。わたしが死んだあと、彼らは成功し、世の中で力を持つだろう。

わたしはもはやユダヤ礼拝堂《シナゴーグ》へは通っていない。すっかりその気がなくなってしまったから。今さら顔を出せば、場違いになってしまった自分を人目にさらすだけだ。わたしはファリーナと一緒に別の神殿へ行く。朝起きてすぐの時間や、世界全体を影が覆い、夜の前触れが訪れる頃に、ひとりで行くこともある。わたしは静かに進み出て、偉大な女神アルテミスにささやき声で話しかける。彼女は気前よく両手を広げて、近寄ってくる者たちを養ってやろうと、たくさんの乳房を見せて待ち構えている。わたしは女神に向かってつぶやく——今はもう、乾いた地中で眠りたい。この場所に近い、木々の生えた土地で目を閉じて、平穏無事に土になりたいのです、と。その一方で、夜中に目が覚めたときにはもっとたくさん望みを掛ける。起きてしまったことはいえ、あれをぜんぶなかったことにしてください、ものごとが違う道筋を通ったことにしてくれたらいいんです、と。あれをぜんぶなかったことにするのなんて簡単だ！　そうすれば皆が味わった苦労もいっぺんになかったことになる！　ちっとも大変なことじゃない。そんなことをあれこれ思い巡らすだけで体が軽くなり、暗黒の霧が晴れて、悲しみが遠のくような気さえする。わたしはまるで旅人だ。影のない乾いた砂漠を何日間も歩き続けた末に丘の頂上へたどりつき、眼下に広がる町を眺めている。エメラルドにオパールをはめ込んだ町。豊かさが溢れる町。井戸と木々がいたるところにある。魚や家禽や大地の恵みの果実を山と積み上げた市場からは、料理とスパイスの香りが漂ってくる。

わたしはなだらかな小道をたどって丘を下りはじめる。それから長くて細い橋をいくつも渡り、魂たちが住む不可思議な場所へ誘い込まれていく。眼下にはざあざあと音をたて、冷えていく溶岩のように鈍く輝き、霧をまとった水があって、みずみずしい牧草を生やした中州も見える。誰に案内されるでもなく、わたしはひとりで歩いていく。周囲はとても静かで、なだめるような光がだんだん弱くなっていく。髪をほどき、寝台を整える女のように、世界はたがをゆるめている。ことばには千鈞の重みがあると承知しているから、わたしはわたしの言い分をささやき続ける。この場所の神々の影に向かってそれらのことばを語り聞かせながら、わたしはずっと微笑み続ける。神々は中空にとどまってこちらを見つめ、わたしの声に耳を傾けている。

訳者あとがき

老いて死を目の前にしたマリアが、過ぎ去った時をふりかえり、つぶやきはじめる。見聞きしたできごとから受けた衝撃が消え去らないので、息子の名前を口にはできないけれど、彼女は心の内側を見つめ、記憶を順々にことばにしていく。息子が幼かった頃の思い出のあれこれ。息子のもとへ集まってきた若者たちのふるまい。息子がエルサレムへ出ていった経緯。カナの婚礼に出席したときに起きた事件。死んだラザロが生き返ったこと。そしてあの日、丘の上で十字架につけられたわが息子を見守った一部始終。この本は最初から最後まで、息子の人生を脇から見続けた母親がつぶやくひとり語りである。

老いたマリアは今、小アジアのエフェソの町に暮らしている。伝説によれば、キリストが十字架につけられた後、マリアはこの町まで落ち延びて、静かに余生を送ったという。エフェソは古来、女神アルテミスの神殿があったことで知られるが、使徒パウロがキリスト教の共同体をつくった場所であり、ヨハネが「福音書」を書いたと伝えられる土地でもある。小説の中で、マリアの家へしばしばやってきて、彼女の世話をするとともに、キリストをめぐる話を聞きたがるふたりの男たちは、ヨハネとパウロかも知れない。彼らはマリアが見聞きした話の数々を聞き集め、それらを綴り合わせて、後世に伝えるべきキリストの伝記、すなわち「福音書」を書こうとしているらしい。

小説の原題 *The Testament of Mary* にある「テスタメント」ということばは、神と人間との間の契約にもとづく「聖書」——「旧約聖書」、「新約聖書」——を指すのに使われる単語だけれど、この小説のタイトルでは、マリアが死後に残す「遺言」の意味も持つので、『マリアが語り遺したこと』と翻訳した。

聖書には、マリアに関する記述はとても少ない。もちろん、マリアのひとり語りなど聖書には存在しない。この小説はマリアの視点からキリストの生涯を語る物語なのだから、タイトルは「マリアの福音書」と訳せばよいではないか、とお考えになる読者がおられるかもしれない。だが残念ながら、キリストの言行と生涯を記録した書物である「福音書」を示す英単語は「ゴスペル」なので、原題の訳語としてはそぐわない。新約聖書に収められたマタイ、マルコ、ルカ、ヨハネによる四つの「福音書」の中心主題は、十字架につけられたキリストの死と復活である。この小説においてそれらの主題がどのように扱われているかは、読者の皆さんのご判断にゆだねたい。

絵画や物語に描かれたマリアはいつも穏やかな顔をしている。だが、最愛の息子が自分の手を離れ、その考えや言動が想像を超えるようになっていくのを見守り、先立っていく姿を目の当たりにしなければならなかった母親の心が穏やかであったはずはない。彼女の胸の内には悲しみのみならず怒りや悔恨も渦巻いていたに違いない、と考えたことがあるひとは少なくないだろう。

ぼくたちの目の前で語るマリアは、ふたりの男たちに息子の話を語り聞かせるとき、決して柔和を演じることなく、苛烈な情念をむき出しにする。彼女は生涯の終わりに臨んで、息子を見送った母親の胸の内をあまさず語り遺そうとしているらしい。彼女は、男たちが重大な使命を帯びて書きつつあると自負する、キリストの伝記の意義をぜんぜん認めていない。他方、男たちは、キリストの生涯と受難が「世界中のひとびと」にたいして持つ意義をいくら説明してもマリアが理解しようとしないので、苛立ちを隠さない。読者は固唾をのんで、両者の苦々しい対立を見守るばかりだ。

『マリアが語り遺したこと』は最初、ひとり芝居の台本として執筆された。二〇一一年、アイルランドのダブリン演劇祭で初演されたのち、二〇一三年にはニューヨークのブロードウェイでも上演され、トニー賞三部門の候補になった。二〇一二年に出た小説版——みなさんが今手にとっておられるこの本——は厳粛な美を湛えた文学性が高く評価され、ブッカー賞の最終候補になった。だが一方で、マリアの描き方が冒瀆的であるとして、一部の宗教者から非難も浴びた。毀誉褒貶が激しくぶつかりあうこの小説をより深く味わっていただくために、作品が生まれた背景にかんする基本的な情報を紹介しよう。

『マリアが語り遺したこと』が書かれるに至った経緯について、作者コルム・トビーンが語るコメントに耳を傾けてみたい。イギリスの『ガーディアン』紙に寄稿された自作解題「『マリアが語り遺したこと』の着想源」（'The Inspiration for *The Testament of Mary*', *The Guardian*, 19 October 2012）と、アメリカのNPRで放送されたラジオのインタビュー番組「マリアの視点から語られた新しい〈テスタメント〉」（'A New "Testament" Told from Mary's Point of View', *Fresh Air*, 28 February 2014）で語られた内容を要約すると、ほぼ次のような話になる。

トビーンによれば、この小説を書くきっかけになったのは、ヴェネツィアで見たふたつの絵である。ひとつは、サンタ・マリア・グロリオーサ・デイ・フラーリ教会の主祭壇画、ティツィアーノ作「聖母被昇天」。人間たちが見上げる大空に天使たちが支える雲が現れ、その雲に乗って天へ昇っていくマリアの姿が描かれている。ここには、すべてが輝かしく神聖化された世界がある。もうひとつの絵は、フラーリ教会のすぐ近くの、サン・ロッコ同信会館の壁面を飾る巨大な「キリスト磔刑」。ティントレットの作。こちらは、丘の上で十字架につけられたキリストの周囲に、大勢の人だかりができた情景を描いている。悲しみに打ちひしがれたマリアのすぐそばにサイコロ遊びに興じる男たちがおり、その近くでは、ふたりの強盗たちをつけた十字架が今まさに立てられようとしている。騒がしく混沌とした地上の世界が、画面一杯に広がった壁画である。

対照的なふたつの絵を何度も見て、理想と現実の間の隔たりに驚いたトビーンは、キリストが十字架につけられた当日に見聞きされたできごとが、そこに居合わせた誰かの視点から語られたことはまだない、と思い至った。トビーンはそれ以後、福音書――とくにヨハネの福音書――を読み込み、マリア伝説のあるエフェソの地を訪れたという。トビーンの頭の中でいつしか、マリアの声が語りはじめた。福音書の英訳（一九五二年刊）で知られるE・V・リューが、福音書記者のヨハネはアイスキュロスの悲劇を読んだ可能性がある、と指摘しているのを知ると、小説家の脳裏に響くマリアの声は、『エレクトラ』や『メディア』や『アンティゴネー』といったギリシア悲劇の中で吐露される女性の怒りと共鳴するようになった。

それらの悲劇はトビーンが、シルヴィア・プラス、ジェイムズ・ボールドウィン、J・M・クッツェー、ナディン・ゴーディマらの詩や小説とともに、文学における「苛烈さ」をテーマとして、ニューヨークのニュースクール大学で教えた授業の教材でもあった。また、二〇〇六年と二〇〇八年の春にスタンフォード大学に近い家に滞在していたときには、ロレイン・ハント・リーバーソンが歌うバッハのカンタータ、「われは満ちたれり」（第八十二番）と「わが心は血の海に泳ぐ」（第一九九番）を繰り返し聞き、アメリカの女性詩人ルイーズ・グルックの詩集『野生の菖蒲』（*The Wild Iris*）を読んで、その「一人称単数の驚くべき使いぶり」に目を見張ったという。

トビーンが聞いたリーバーソンの歌唱は、CD（Lorraine Hunt Lieberson, *Bach Cantatas, BWV 82 and 199*, Nonesuch 79692-2）ではなかったかと思われる。「われは満ちたれり」は、死を喜んで受け入れ、主に救われることによって喜びのうちに肉体の鎖から解き放たれることを願う、人間の魂の歌である。「わが心は血の海に泳ぐ」は、罪を犯した人間の魂が深く悔い改め、罪を告白することによって神の許しを請う内容である。一方、ルイーズ・グルックの詩集『野生の菖蒲』には、苦悶する野生の草花に声を与え、庭師である詩人に語らせ、全知の神的存在にも語らせた連作詩が収録されている。この詩集は、ピューリッツァー賞を受けたグルックの代表作である。

コルム・トビーンはおそらく、「苛烈さ」を体現したこれらの声と、自分の内側で語り声をあげはじめたマリアの声を共振させるようにしてひとり芝居の台本を書き、小説に改作したのだろう。彼はこの小説を書いた経験について、先述のラジオインタビューで次のように述べている――「（十字架刑が実際にどうおこなわれたかについて）調べる作業においては、心が揺れたりはしませんでした。ところがいざ書く段になると精神的にひどく動揺しました。中へ入っていかなくてはならなかったので。小説家としては現場に身を置かなくてはなりません。外側から書いたわけではないのです。わたしは渦中へ入っていきました」。

さらに、「小説の中でキリストの人物像をこしらえたわけですから、あなた自身が彼を十字架につけたような気がしたのではありませんか？」というインタビュアーの質問にはこう答えている——「いえ、そういうふうには感じなかったですね。わたしはマリア本人になった感じがしていました。言い方を変えれば、わたしは彼女の声でした。わたしは彼女の両目。わたしは彼女の魂。わたしは、目の前で起きていることを見つめながら自分はどうすべきか考えている彼女の意識そのものでした。そして、何年も経ってからそのときのことを思い出して、自分がしたことは正しかったのだろうかと思い悩む彼女の意識になっていたのです」。

それでは、マリアの声は何を語ったのだろうか？ トビーンは先述の自作解題において、マリアの物語をトラウマと結びつけて、以下のように説明している——「彼女は一度、ただ一度だけ、起きたことを語る機会を得る。他方、彼女の世話をするふたりの男たちのことばは何百年も生き続ける。マリアが語るラザロの死や、カナの婚礼や、十字架刑の物語はトラウマであり、個人的な記憶であり、失われた時間に属しているのであって、神話や信仰に属する物語ではない。マリアは永遠の現在において物語を語り、彼女が生涯を全うしようとする土地の風景はギリシアの神々が支配している。今では、彼女自身がユダヤ人であるということさえも記憶の一部になりはてている」。

今一度、この小説の着想源になったふたつの絵に戻ろう。ヨハネとパウロを思わせるふたりの男たちは、フラーリ教会のティツィアーノ作「聖母被昇天」に見えるような、輝かしく神聖化された世界を夢見ている。その一方でマリアのほうは、ティントレット作「キリスト磔刑」を彷彿とさせる悪夢を身の内に抱えこんでいるのだ。
なお、「わたしは彼女の声でした」と言うほどトビーンがこだわったマリアの声の片鱗は、メリル・ストリープが全編を朗読するAUDIOWORKS刊のオーディオブックで味わうことができる。
トビーンに促されて、ルイーズ・グルックの『野生の菖蒲』を読んでいたら、「子守歌」という詩に出会った。「苛烈さ」と限りない優しさを兼ね備えた「一人称単数」の語りがマリアの声と響き合うように思われるこの詩を、長いひとり語りを終えた彼女に捧げたいと思う。

もう休んだらいい。長い時間かけて
ずいぶん興奮したのだから。

薄明、そうして宵闇。部屋の中へ入ってきた
ホタルがあちこちで光っている。あっちでもこっちでも。
開け放った窓を満たしているのは、こってりした夏の甘み。

くよくよ考えるのはもうやめたらいい。
わたしの息に耳を澄まして、君の息にも耳を澄ませば
ホタルみたいな、ゆらめくかすかな息づかいの
ひとつひとつから、世界があらわれてくる。

夏の夜ひと晩掛けて、君のために歌ってあげたのだから
最後はわたしの勝ちになる。世界と言えども、これほど長続きする
夢想を君に与えることなどできやしないよ。

君は自分に、わたしを愛するよう学ばせる必要がある。人間は
静けさと闇を愛することを、学ばなくてはならないのだよ。

(Louise Glück, *The Wild Iris*, The Ecco Press, 1992, p. 58)

最後にこの小説の作者についてひとこと。コルム・トビーンは一九五五年、アイルランド南東部ウェックスフォード州のエニスコーシー生まれ。祖父はアイルランド独立運動の時期に反英的な武力闘争をおこなった活動家で、教員であった父も熱心なナショナリストだった。宗教的には家族も親戚も地域ぐるみ、みなカトリック信徒である。トビーンは少年時代、ミ

サのときにひんぱんに侍者として奉仕し、一時期は神父になることを真剣に考えたという。

彼はいつしか教会から離れたものの、カトリック教会にたいして険悪な感情を持っているわけではないと公言する。先述のインタビューでは、美や儀式や共同体の観念についてなど、教会からは多くのことを学んだと述べている。ただし、苦言も呈している——「教会はある時期から、多くの女性や同性愛者にとっては、威張り散らす者たちが幅を利かす場所でしかなくなってしまいました。〈あれをしろ、これはするな〉とわが物顔で権力を振りかざすことにたいしては、わたしはきわめて強い嫌悪感を抱いています」。

トビーンは一九八〇年代にダブリンでジャーナリストとして活躍したのち、一九九〇年に小説第一作を出版してからは長編小説、短編小説、紀行文、文学論、劇作など、多彩な分野で才能を発揮してきた。アメリカ各地の大学で創作を教えた経歴も持ち、現在はコロンビア大学で教鞭を執っている。彼はまた、早い時期から自分がゲイであることを言明した書き手であることも申し添えておこう。

作品の邦訳としては小説第二作『ヒース燃ゆ』(伊藤範子訳、松籟社、1995年)と小説第六作『ブルックリン』(栩木伸明訳、白水社、2012年)があり、トビーンの文学を論じた文章として、宮原一成「コルム・トビーン　哀愁がじんわり伝わる」(青月社編『ノーベル文学賞にもっとも近い作家たち　いま読みたい38人の素顔と作品』所収、青月社、2014年)、栩木伸明「アイルランド文学の現在　書き手は歴史と手を切れるのか?——マホン、バンヴィル、トビーンの場合――」（木村正俊編『アイルランド文学　その伝統と遺産』所収、開文社出版、２０１４年）などがある。

新潮社出版部の須貝利恵子さんが声を掛けて下さったおかげで、美しくも苛烈なマリアのひとり語りを日本語に吹き替えて、読者の皆さんにお届けできることになった。ゆきとどいたサポートと力強い励ましに心から感謝を申し上げたい。

二〇一四年　ハロウィーン　東京　栩木伸明

The Testament of Mary
Colm Tóibín

マリアが語《かた》り遺《のこ》したこと

著 者
コルム・トビーン
訳 者
栩木伸明
発 行
2014年11月25日

発行者　佐藤隆信
発行所　株式会社新潮社
〒162-8711 東京都新宿区矢来町71
電話 編集部 03-3266-5411
読者係 03-3266-5111
http://www.shinchosha.co.jp

印刷所
株式会社精興社
製本所
大口製本印刷株式会社

乱丁・落丁本は、ご面倒ですが小社読者係宛お送り下さい。
送料小社負担にてお取替えいたします。
価格はカバーに表示してあります。

ISBN978-4-10-590113-4 C0397

終わりの感覚

The Sense of an Ending
Julian Barnes

ジュリアン・バーンズ
土屋政雄訳

穏やかな引退生活を送る男に届いた一通の手紙——。
ウィットあふれる練達の文章と衝撃的なエンディングで、
四度目の候補にして遂にブッカー賞を受賞。
記憶と時間をめぐる優美でサスペンスフルな中篇小説。

CREST BOOKS

ディア・ライフ

Dear Life
Alice Munro

アリス・マンロー
小竹由美子訳

二〇一三年、ノーベル文学賞受賞。A・S・バイアット、
ジュリアン・バーンズ、ジョナサン・フランゼン、
ジュンパ・ラヒリら世界の作家が敬意を表する
現代最高の短篇小説家による最新にして最後の作品集。

CREST BOOKS

低地

The Lowland
Jhumpa Lahiri

ジュンパ・ラヒリ
小川高義訳
若くして命を落とした弟。その身重の妻をうけとめた兄。
着想から十六年。両親の故郷カルカッタと作家自身が
育ったロードアイランドを舞台とする波乱の家族史。
十年ぶり、期待を超える傑作長篇小説。

CREST BOOKS